실화소설

천명의 유혹
서울카사노바

②

필명 전 준 상 저

전준상 박사

자수정 출판사

천명의 유혹
서울카사노바②

지 은 이 - 전 준 상 필명
발 행 처 - 자수정 출판사
발 행 일 - 2021년 1월 11일

편 집 자 - 오 실 장 HP. 010.3443.0183
상담주문 - 김 보 라 HP. 010.7102.7070

신고번호 - 제 2018-000094호

서울 영등포구 영중로65 영원빌딩
TEL.010-8558-4114
정 가 ₩15,000원

*파본은 교환해 드립니다.
홈페이지 - 주소창에 www.198282.net /검색창에 핫나경
E-mail - yangko719@hanmail.net

프 로 필

충남 온양온천(아산시 신창면)에서
상경한 것이 엊그제 같은데 어느덧
세월이 흘러 서울 및 일본에서 발명특허
70건과 레이저혁명을 비롯하여
성공처세술(카톡명언칼럼)시리즈 20권과
애정소설 50권 장편소설을 모두70권
펴내게 되었다. 하루가 다르게 급변하는 세상에 필자는 일본 동경에서도 출판사를 운영하게 되었고, 동생들 둘은 미국 LA 한인 사회에서 목회자의 길을 걸으며, 자녀들은 유럽에서 영화제작으로 감독의 꿈을 키워 연출공부에 매진하다 보니 자연스러운 글로벌 가족이 되고 말았다. 이제는 인천 아세아 선수촌아파트에 살고 있고, 대학 재학 중에 공군 16전투 비행단 복무를 마친 막내 병민이의 인성교육이 올바르게 명언시리즈(20권)를 결혼하기 전 읽고 반듯한 삶을 살아가주길 바라며...

저자 전준상(필명)
HP 010-8558-4114

차 례

1. 교통정리 차 베트남 출장   7
2. 섬까지 사들인 문회장   27
3. 상하이로 탈북한 여대생   53
4. 새로 등판한 나하나   62
5. 포주왕과 수전노들   75
6. 호스티스와 마돌석   100
7. 청춘은 겁이 없다.   126
8. 대전에서 도미경   154
9. 남녀사이는 누구도 모른다.   176

   부록 - 마 카 -   200

   부록 - 코골이 마스크 -   231

   카사노바란?   238

등장인물

주인공 전준상작가
1. 양코 - 주인공
2. 문회장 - 대륙산업 회장
3. 백박사 - 베이징 강사
4. 푸엉 - 베트남 여인
5. 장리 - 중국 공무원
6. 양미 - 중국 공무원
7. 차여사 - 포주 왕
8. 마돌석 - 한량
9. 추사진 - 새가슴
10. 방사장 - 빈봉투
11. 수전노 - 노랭이들
12. 진이 - 마돌석 연인
13. 나타샤 - 황제 룸살롱 호스티스
13. 혜령 - 진이 친구
14. 진미랑 - 화장품 외판원
15. 칠석 - 공장장
16. 황회장 - 콘크리트 독자
17. 옥반지 - 황회장 애인
18. 장인순여사 - 양코 모친
19. 도미경 - 대전센터장
20. 부원곤 - 대전센터 영업과장
21. 정인숙 - 며느리
22. 핫하나 - 부산센터장

- 머리말 -

"책은 읽어서 뭘 해" 라며 말을 한다. 책은 안 읽어도 먹고사는 데는 지장은 없다. 하지만 남보다 지식은 뒤떨어진다. 그래서 한권이라도 더 읽은 사람의 지배를 받게 된다.
본 저자는 픽션과 논픽션을 겸해 신간 실화창작소설 유혹본질 1,2,3권 4.유혹(썸싱), 5.유혹(양코), 6.유혹(연인) 1~6권 시리즈를 내게 되었다. 독자들에게 독서를 하게끔 하루에 아침저녁 10분 독서법을 카카오톡으로 연재를 올려놓았다.
일 년간 꾸준히 연재된 것을 출판으로 펴내면 재미난 소설한권이 세상에 얼굴을 내밀게 되는 것이다. 인생의 파란만장한 만고풍상(萬古風霜)과 삶의 희노애락(喜怒哀樂)은 현재세상의 민 낯이다.
1. 소설은 재미있어야한다.
2. 얻을게 있어야한다.
3. 정보가 담겨져 있어야한다.
그래서 형무소에서도 사형수가 본 저자의 소설책을 반입 안 해주면 단식을 하겠다며 난동하여 교도관이 부랴부랴 찾아 와 책을 구해가는 진풍경도 생겨나게 되었다.

영등포에서 새해아침 저자 필명 전준상 저
010-8558-4114

1. 교통정리 차 베트남 출장

 주인공 이메일의 닉네임은「양코」이고 홈페이지 주소는「핫나경」이다. 노트북을 열어보니 메일과 꼬리말이 무수히 들어와 해외 출장 시에는 당분간 막아야겠다.

사내에서 민 자경하고 남의 눈을 피하며 연애하던 시절 군 제대를 한 고향 이웃집에 살던 김 재남이란 친구가 출판사로 찾아왔다. 퇴근시간이 되자 자경과 함께 3명이서 저녁식사 도중에 재남이 는
"양코 일자리 좀 구해줄 수 없겠니?"하며 물어왔다. 자경은 눈이 휘둥그레 준상을 쳐다보더니
"자기가 양코야?"하며 크크 거리며 웃는다. 재남이 나서서
"네 이 친구는 키 크고 코도 커서 양놈같이 생겼다고 초등학교 시절부터 양코로 통해요"

자경은 나의 별명을 처음으로 알고는 나를 부를 때마다 늘 "양코오빠" 이렇게 불러 닉네임이 되어 버렸다. 자경이가 회사상사인 유 전무님께 김재남씨가 온순하고 성실하다고 이야기하여 출판사에 취업을 시켜주었다.

양코는 해외 출장을 가려는 차에 부산의 성 회장으로부터 폰이 왔다. '금값이 천정부지로 뛰어 제품이 늦어진다고 하더니 무슨 일인가?' 하고 폰을 받으니
"부산에 한번 내려오소."
"무서워서 안 가렵니다."
"그게 무슨 소리인교?"
"술독에 빠질까 봐요."
"하하하" 통쾌하게 웃더니, "다름이 아니고 장여사가 다니는 피부 숍이 있어 내가 잘 아는데 숍 원장에게 전박사가 발명한 전립선 요실금운동기 은방울 뒤룽박하고 레이저 미용 마스크 이야기를 했더니 전대표를 빨리 좀 만나게 해달라고 조르고 있어요. 부산 총판을 맡기면 잘할 거요."
"네 고맙습니다. 그런데 지금은 못가고 해외를 다녀와서 가겠습니다."

"그렇게나 바쁜교?"

"아니에요 베트남 출장 좀 가려고 비행기 티켓을 예약해 놓았거든요"

"아니 일하다 말고 졸지에 베트남은? 무슨 수출 건 이라도 있는교?"

"아닙니다. 시장 조사차 다녀오렵니다."

"그러면 귀국 하는 대로 내려오소. 그리고 거기 여자들은 개방이 되어 쉽다는데... 하하 조심 하시고!"

"네 알겠습니다."

일본의 스미꼬와 톱 텔런트 로즈를 같이 만나 삼각관계가 들통 나면 무서운 해코지를 당하게 된다. 그러니 해외출장 이외는 둘러댈 핑계가 없다. 스미꼬는 "오빠 나를 버리려는 것은 아니죠?"하며 자신이 서울로 오겠다고 몇 번째 조르는 것을 다독여 오다 더 이상은 미룰 수가 없으니 이런 방법 이외는 생각이 떠오르지가 않았다.
스미꼬와 톱스타 홍 로즈 등살에 정신이 없는데 장능에 공 하늘 모녀까지 혹이 더 붙었으니 교통정리를 하지 않고는 복잡해서 실수가 없게 되자 궁하면 통한 다더니 묘책이 생겨났다. 일본보다는 베트남의 시장성은 어떨까 그러면 복잡한 것들도 잠시 훌훌 다 털어 버리고 베트남으로 도피성 출장을 훌쩍 떠나 보기로 하였다. 모든 여인들에게도 급한 해외출장을 다녀와야 할 일이 생겼다고 통보를 하여 모면하였다.

여자의 질투는 한번 마음이 틀어져 미워하거나 원한을 품으면 삼복더위에 서릿발이 내릴 만큼 무섭고 독하다. 조선시대 영의정은 아침밥상을 받았다가 밥사발 뚜껑을 열어보고는 깜짝 놀랐다. 밥은 없고 여자에 잘린 손목만 섬뜩하게 들어 있었다.
종놈을 불러 이게 어찌된 연유냐고 질타를 하였다. 종놈은 난처하여 머리만 긁적거리고 있었다. 무섭게 호통을 치자 "네 네 정경부인께서 옥분이 손목을 자르시 업죠." 그때서야 대감은 어제 저녁 일이 생각났다. 열아홉 살 옥분이가 저녁상을 들고 와 옆자리에서 밥 시중을 들자, 대감은 옥분이에게 음심이 동하여 손목을 잡는 순간 정경부인이 들어오다 목격을 하였다. 부인은 질투심에서 종년 옥분이의 손목을 작두로 자른 것이다. 삼각관계로 치정살인까지 부르는 일이 뉴스에서 자주 봐와 무섭다는 것을 알았기 때문에 출장으로 피하려는 지혜였다.

인천공항에서 하노이 행 비행기에 오르니 3인석 좌석에 양코는 창문 쪽 좌석 번호였다. 다음 가운데에 꼬마여자 아이고 통로 쪽에는 젊은 아기엄마였다. 그런데 가운데 앉아있던 서너 살 된 여자아이가 칭얼대며 창문으로 밖을 내다보고 싶어서 내 앞으로 자꾸 오니 그 아이 엄마는 당황하여
"혜민아 그러면 못써"하면서 아이를 혼 내킨다.
"아 괜찮습니다. 그러면 자리를 바꿔 드릴까요?"재수 없는 놈은 뒤로 자빠져도 코가 깨진다더니 창문자리도 빼앗기고 말았다. 그러다보니 창문에는 혜민이가 가운데는 아기엄마가 그리고 통로 쪽에는 4시간 동안 내가 앉아가게 되었다.
아이는 한국 사람인데 엄마는 키가 작은데다 마르고 까무잡잡하여 베트남 여인 같았다. 나의 자리 배려에 그녀는 고마워서 어쩔 줄을 몰라 하였고 연신 굽실대며 감사 합니다. 고맙습니다. 인사를 해댄다.
"아기아빠하고 가면 세 식구 자리가 딱 맞겠는데 아기아빠와는 같이 안가시나요?"하니 자리양보에 고마움을 느껴서 그런지 비행기가 이륙하여 비상하자 자신의 사생활 이야기를 자세히 하고 있었다.
"저는 베트남에서 여고시절에 남자친구도 있었고 지금은 25살이에요. 부모님이 25살이 많은 혜민이 아빠에

게 결혼을 시켰어요. 지금은 50살인 남편과 안산서 4년을 살았으나 남편은 돈도 안 벌어오고 술만 마시면 폭력을 휘두르고 학대해서 더 이상은 견딜 수가 없어 이혼하고 친정으로 가는 중이에요. 집에서는 이혼해서 오는 줄도 모르고 있어요. 어린 딸과 둘이서 죽으려고도 하였으나 혜민이를 친정에 맡기고 이제 공장에 취직을 하기로 마음을 고쳐 먹었어요.

"아 그러면 나는 베트남 말도 못하니 당분간 가이드 통역 좀 해주세요."

"선생님 정말이세요?"

저녁을 기내식으로 하고나니 얼마 지나지 않아 하노이 공항에 도착한다는 안내방송이 나왔다. 양코는 푸엉에게

"누가 마중을 나오나요?"하니

"친정은 한 시간 이상 더 가야 되고요. 연락을 하지 않아 아무도 나올 사람이 없어요."

"그러면 잘 되었네요. 가이드를 여행사에 부탁해서 다니려고 했는데... 그러면 혜민이와 호텔방을 따로 정해 드릴께 내일부터 홈쇼핑 시장성 조사를 같이 좀 다닐 수 있으세요?"

"그럼요 친정에 어떻게 들어가나 죽기보다도 싫었는데

사장님 덕분에 살았네요. 사장님 너무너무 고맙습니다."
"아뇨 내가 고맙죠."

공항을 빠져나와 택시를 타고
"가까운 호텔로 갑시다."하니 푸엉은 이때부터 가이드가 되어 택시기사에게 베트남 말로 통역하여 호텔로 들어갔다. 룸 키 2개를 받아 따로 따로 들어갔는데 한시간 정도가 지나자 벨이 울려 방문을 열어보니 푸엉이 아오자이로 바꾸어 입고 딴 여자가 되어 맥주와 안주를 가지고 들어왔다.
"웬 술입니까?" 하니
"사장님이 인간적으로 대해주셔서 인사드리는 거예요."
"혜민이는요?"하니
"잠들어있어요"하면서 맥주병을 들어 따르는 모습이 매력적으로 보였다. 아오자이는 여성의 곡선미를 잘살려 그런지 25살에 피둥피둥한 젊음이 섹시하였다.

무슨 세상에 이런 일이 다 있는가! 양다리로 쫓기듯이 여기까지 왔는데 날 잡아 잡수 하니 성회장이 하던 말이 떠올랐다. 그쪽 여자들은 성 개방이 되어 쉽다고 하더니 쉬운 게 아니라 저절로 되니 쉬워도 너무 쉬었다.
푸엉은 구세주를 만난 듯 몸뚱이 하나 주는 것은 아까울 게 없었다. 지긋 지긋한 4년간의 결혼생활동안 사람대접을 못 받다가 인격적으로 대해주니 노예에서 벗어난 듯 아까울 게 하나도 없고 도리어 영광이라고 생각되었다.

베트남은 미국과의 전쟁으로 3백만 명이 사망한 후에도 20세 전후에 성관계가 많아 인구가 1억으로 늘었다. 일본도 기모노를 입은 여자들이 성 개방으로 일억 3천이고 중국은 차이나 복에 전족으로 인구가 14억이다. 이슬람 인들은 12명까지 아내를 소유할 수 있어 최고 많은 20억 교인이다.
여자가 생리 중에는 교회에도 들어서지 못하게 여성을 천대 시하는 터키, 중동 인도네시아국가는 이슬람국가다. 여성들은 맨살을 보여서도 안 되며 히잡을 써야 되고 여자의 성적매력인 가슴, 허리, 히프에 S자 곡선미를 감추는 옷을 입어야만 한다. 하지만 일부다처제로 인구는 계속해서 늘어난다.
외간 남자와 눈이 맞아 불륜을 하면 가문에 수치로 자결을 강요당한다. 이슬람교는 율법에 교리가 우선이다. 사우디에서는 여성들이 이제서 운전면허가 허락되었고, 방탄소년단 공연에서 여성들이 열광을 하는 것은 숨겨진 성 억압이 터져 나온 본질이다.

푸엉은 성경험에 출산까지 하여서 그런지 사내의 민대가리가 질속 주름을 문댈수록 아이고고 하며 자지러졌다.
아침이 되자 여명의 찬란한 햇살이 밝아왔다. 언제 그랬느냐는 듯이 시치미를 뚝 떼고 구내식당에서 아침을 하면서 첫 일과가 시작되었다. 푸엉에게 오늘의 스케줄을 말하였다.
지난번 일본에는 망원경을 선보였고 이번에는 발명특허품 온열 레이저 마스크를 선보이려고 출장 가방에서 견본을 꺼내며 설명을 하였다. 레이저는 눈에 오래 쏘이면 실명 위험이 있다. 그러니 눈에 쏘이지 않고 사용하면 이상이 없으며 골드 마스크의 특징은 주근깨, 잡티제거, 미백효과, 잔주름 개선, 온열작용으로 보습효과까지 있으며 머리에 조사하면 탈모에도 좋다.
마스크 시장조사는 홈쇼핑업자를 우선 찾는 것이고 그 다음은 미용기구업자다. 푸엉은 20년간 살면서 여고까지 다녔으니 문화와 특성 그리고 지리까지 잘 알고 있으니 시장조사에 적격이다. 우리가 직접 사업할 수 있는 제품은 어떤 것일까? 사회주의는 성을 터부시하기 때문에 뒤룽박을 성인용품으로 오인하여 제외시켰다.

일주일간 푸엉과 그의 딸 혜민과 시장조사를 열심히 하고 다녔으나 워낙 경제적으로 낙후된 베트남은 먹고 살기가 바빠 고가의 미용기구는 그림에 떡이었다. 신문도 가정에 배달이 안 되고 신문판매 자전거가 지나가면 사서 보는 열악한 보급상태라 신문광고 효과는 기대할 수가 없었다.

자전거와 오토바이로 거리를 뒤덮은 나라에 실망한 나머지 떡본 김에 제사 지낸다고 온 김에 그리도 유명하여 세계자연유산에 오른 하롱베이나 관광 가기로 하였다. 하노이에서 버스로 4시간이상 거리이다. 관광버스가 줄을 이었다.
한국 관광객 중에는 베트남에 여행오신 여섯 명의 선생님 중에 잘생긴 선생님이 있어 양코는 물어 보았다.
"다 큰 여학생들 짝사랑 때문에 총각선생님들은 여학교에 부임을 안 시킨다는데 그렇지 않은가 보내요?"
총각선생님은 빙그레 웃더니
"네! 여학생들의 짝사랑 때문에 제일 힘들어요. 요즘

아이들은 자유분방하여 거리낌 없이 표현해요. 선생님 저 쌤 좋아해요. 하며 누구도 눈치 보지 않고 자기마음을 서슴없이 전해와 당황할 때가 한두 번이 아니에요."
옆에 있던 푸엉에게
"베트남 여고에서도 쌤을 짝사랑하나요?"하니
"한국하고 조금도 다르지 않아요. 저도 그랬어요. 남자선생님이 얼마나 그리운지 가슴앓이로 열병이 나기도 했었어요."

여고시절이 되면 인생의 첫 번째 겪는 하얀 사랑의 과정을 거치게 된다. 인천의 골드엄마 고세령도 당진여고3학년인 낭랑18세 시절 완숙한 여성의 몸매로 성숙해 가면서 가슴은 부풀을 대로 부풀어 왕 가슴이 어찌나 부끄러운지 가슴을 가리려고 어깨를 움츠리고 다녔다. 허리는 개미허리에 엉덩이는 왕 가슴보다 더 크게 불룩하게 튀어나와 글래머다. 동네 아줌마나 언니들은 아래위를 훑어보며 세령이 이제는 시집가도 되겠다며 말할 때 세령의 얼굴은 홍조가 되어 부끄러워 몸 둘 바를 몰라 하였다. 훌쩍 큰 키에 오동통한 몸집에 피부는 유난히도 희고 윤기가 흘렀다. 이렇게 완전한 여자의 자태가 되자 선배오빠들이 예쁜이라면서 침을 흘리고 있을 때에 서울에서 영어과목 총각 선생님이 부임해 오셨다.

풋사과처럼 싱그러움이 느껴지고 180cm의키에 수려한 이목구미(耳目口鼻)를 보는 순간 현기증을 일으켰다. 훤칠하고 후리후리한 키에 눈썹은 흑칠한 것같이 까맣고 부리부리한 눈매에 빨려들 것 같아 감수성이 예민한 세령은 백마 탄 왕자가 나타났다 면서 그때부터 가슴앓이를 했다. 저 윤 선생님이 영원한 반려자가 된 것으로 착각까지 하고 있어 첫사랑에 짝사랑이라는 것조차도 분별이 안 되었다. 반딧불 같은 초롱초롱한 눈매로 나를 바라 볼 때는 '어머 저이가 나를 정말 좋아 하나봐' 하는 착각을 하였으며 '다른 애들이 알면 질투를 할 터인데 어쩌나' 하며 발을 동동 굴렀다.

우리 반 전체가 윤 선생님을 보는 순간부터 짝사랑을 하고 있었다. 그러면 서도 세령이 점찍어 놓은 잘생긴 선생님을 잠시도 가슴속에서 떠나 본적이 없었다. 자신의 얼굴과 몸매는 우리 반 어느 누구보다도 뒤지지 않다고 자부 하면서 있는 없는 멋을 다 내니 더욱 자태가 아름다웠다. 선생님이 고세령이 아닌 세령 이라고 부르던 날 밤은 잠 한숨 못자고 꼬박 뜬눈으로 밤을 세며 고민하였다. 자신의 재색이 뛰어나서 선생님에 마음을 사로잡은 것은 아닌지 남자들은 예쁜 여자만 관심을 갖는다고 하니 미모에도 게을리 하지 않고 더욱 선생님의 관심을 끌기 위해서 필사적인 노력을 기울였다.

세령은 자신이 이 세상에 존재하는 이유는 윤 선생님이 있기 때문이라면서 교탁에 꽃병을 사다 꽃도 꽂아 놓았고 의도적으로 선생님 주변을 맴돌며 눈에 띠어 자신을 보게 하는 노력도 하였다. 그러나 선생님은 세령의 마음을 전혀 몰라주는 눈치였다. 그럴수록 세령은 갖가지 방법을 다 동원하여 보았으나 모두가 허사였다. 세령은 미칠 것만 같았다. 선생님이 돌부처처럼 감정이 없으니 어쩌나 하며 아 이것이 진정한 사랑이구나 하고 느꼈다. 생각하니 사랑을 하다 이루지 못하여 죽을 수가 있다는 것을 알 것만 같았다.

세령은 사랑의 묘약을 처음으로 접해보니 하루하루가 피를 말리는 나날이 계속 되었다. 포동포동하던 세령의 얼굴은 피골이 상접하듯 수척해져 갔다. 가족들이나 친구들은 '애야 어디가 아프니? 병원 좀 가봐라'하는 어머니의 안타까운 목소리가 여럿 들렸으나 귀밖으로 흘리고 말았다. 주변 사람들은 세령의 병세가 악화되어 걱정들이 태산 같은데 오로지 당사자인 윤 선생님 만은 가타부타 아무 말이 없었다.

생병으로 멸치처럼 말라가는 세령을 보고도 윤 선생님

은 무감각 이었다. 어쩌다 눈길이 한번 마주쳐도 세령 혼자만이 불똥이 튀고 온몸이 짜릿하고 불에 구운 오징어가 오그라들듯 아찔하였으나 영어선생님은 눈치도 채지 못한 남자가 아닌 바보 같았다. 이제는 그리움이 변하여 한을 품게 되었다. 그동안 서운하게 당한 수모에 한을 되돌려 주고 싶었다.

그럴수록 여성의 심리는 오기가 나 더욱 적극적으로 나섰다. 총각선생님 만이 인생에 전부라고 생각될 뿐이었다. 그렇게 짝사랑으로 열병을 앓아가던 어느 날 그렇게도 눈길한번 안주고 관심 없던 윤 선생님의 뒷모습이 보이자 밉살스럽기가 짝이 없어 그 자리에 앉아 엉엉 울고 싶었다. 세령은 금방 이라도 눈물이 쏟아질 것 같은 얼굴로 무정하기 짝이 없는 담임선생님을 쏘아 보았다. 정말로 너무나 미웠다. 책상에 엎어져 눈이 퉁퉁 붓도록 울었다. 그러게 한참을 우니 조금은 속이 풀려 후련하였다.

그런데 어찌된 일인지 그토록 매정하고 무관심하게 대하던 총각선생님이 도대체 밉지가 않았다. 하지만 애가타고 닳아 올라 솟구치는 그리움을 참아내기가 힘들었다. 그이가 그럴수록 모든 것이 다 좋게만 여겨지며 그리워질 뿐이다. 이제는 선생님이 아닌 남자가 매정하게 대해 올수록 애가 타고 닳아 올라 밤잠도 이루지 못하여 온몸이 불덩이처럼 열이 오르내리더니 결국은 앓아누웠다. 짝사랑을 하다 상사병으로 누우면 죽을 수도 있다는 이야기도 있었으나 그까짓 게 문제가 되지 않았다. 그렇다고 누구에게도 가슴앓이를 속 시원하게 털어 놓을 수도 없었다.

학교도 못가고 누워있으니 며칠째 결석을 하게 되었다. 세령에게 가정 방문 겸 병문안을 온 선생님을 쳐다보니 정말로 잘 생겨서 미쳐버릴 것만 같았다. 훤칠한 키, 떡 벌어진 어깨, 부리부리한 눈매, 칠 흙 같은 검은 눈썹, 오똑한 코, 묵직하게 두툼한 입술, 온화한 말씨까지 보면 볼수록 어디하나 흠잡을 데가 없는 남자를 보니 더욱더 마음이 아팠다.

그 사내의 생김생김이 세령의 가슴에 돌을 던져 설레게 해놓았다. 그이를 이성으로 대하게 되니 자신의 운명을 모두 다 맡겨 놓은 냥 그이가 죽으라면 여한이 없이 죽을 수도 있겠다는 생각까지 들었다.

이 모든 심정을 같은 반 짝꿍인 지애에게 만이라도 속 시원히 털어놓아야 속병이 나을 것만 같았다. 사람이 속상할 때는 실컷 울거나 누구에게 확 털어 놓으면 후련해지게 되기 때문이다. 그래서 병문안을 온 지애에게 그동안의 자초지종을 이야기하며 윤 선생의 손이라도 한번 잡아보면 벌떡 일어 날 것 같다고 솔직히 다 털어 놓으니 체한속이 뚫리는 듯하였다.

지애는 세령의 말을 조용히 다 듣고 나더니

"야 이 계집애야! 호랑이가 물어가도 정신 차리면 산다고 똑바로 정신 차려라. 니 그렇게도 어리석니 이 계집에야."지애는 아무것도 아닌 것을 가지고 쌩병을 앓으며 드러누워 있는 세령이 참으로 같잖았다. 윤 선생보다 잘생긴 머슴아가 얼마든지 더 많은데 별루인 사내하나 때문에 죽을 것 같다니 기가 막혀 웃음만 나왔다.

"콩깍지가 씌어서 그러니 시간이 가면 벗겨질 것이다. 알겠니?"세령은 남의일이라 그렇게 이야기 하나본데 도리어 큰 언니같이 말을 하는 지애가 더 미웠다. 지애는 시간이 약이라고 하잖니! 얼마 안가서 너는 꿈에서 깨어나 철없던 그때를 후회하며 더 잘생기고 더 멋진 배필을 만날 것이라고 하였다. 그러나 세령은

"야 이 계집애야 윤 선생님 보다 더 잘난 사내가 어디 있다고 그이를 그래도 무시하니 그이를 흉보지 마라." 하면서 뾰로통하게 토라져 누워버렸다.

"지애는 어머머 오르지 못할 나무는 쳐다보지 말라는 말도 못 들었니? 이제 부임해온 선생님과 제자사이에 스캔들이 터지면 너는 퇴학이고 선생님은 쫓겨나야 돼. 이 멍청아! 이런 이치도 모르니 냉수 먹고 속 차

려라. 난 이제 간다."

"야 이 이년아! 나는 무슨 일이 있어도 그 남자에게 결혼을 하고 말거니 두고 보라고" 세령의 결심은 확고히 굳혀 있었다. 그리고는 아름아름 앓아서 담임선생님의 하숙집을 찾아내었다. 주인아줌마는

"선생님은 늦게 오시는데 학생은 벌써왔네." 선생님 심부름으로 왔다면서 방문을 확 열고 들어가니 으윽 두 손으로 코를 막고 비명을 질렀다. 홀아비 냄새라는 것인가 본데 방문을 앞뒤로 열어 제치고 쓸고 닦으며 아픈 것도 잊는 체 땀을 뻘뻘 흘리며 사모님이 된 기분이 되어 윤이 나게 말끔하게 치워 놓았다. 마침 퇴근해서 들어서는 선생님이 깜짝 놀라며 눈이 화등잔 만하였다.

"아니 너는 아프다고 하드니 이게 무슨 짓이냐"며 화부터 버럭 내시었다.

"앞으로는 이런 짓을 하면 안 된다."칭찬하고 고맙다고 할 줄만 알았더니

"빨리 집에 가거라."그렇게 냉정 할 수가 없었다.

"또 이런 짓을 하면 혼날 줄만 알아라." 그 소리에 걷잡을 수 없는 눈물이 왈칵 쏟아져 주르르 얼굴에 흘러내렸다. 남의 속을 이렇게도 몰라주는 선생님이 야속

하기만 하여 뛰쳐나왔다. 자신의 전부이고 생명이라 여겼는데 심한 상처를 입어 정면 돌파로 바꾸기로 하였다.

세령 혼자서만 속이 탈게 아니라 직접 짝사랑을 고백하기로 마음먹었다. 절절이 고백의 연서를 써내려갔다. 편지를 보내고 한참이 지나도 윤 선생님은 쓰다 달다 답도 없이 싹 무시한다. 이미 세령이 짝사랑으로 가슴앓이를 하고 상사병을 앓는 것을 다 알고 계신 것 같았다.

며칠이 지났다. 체념한 세령은 무지갯빛으로 찬란하게 빛나고 있었다.

하지만 마음은 시시 때때로 예고 없이 밀려드는 그리움은 막을 길이 없었고, 선생님을 미워하려고 마음을 먹으면 먹을수록 오히려 더 깊이 빠져들어 헤어날 수가 없게 되었다.

친구 지애가 세령아 너는 솔찮게 똑똑한 줄 알았는데 이제 보니 말짱 헛것인걸 알고는 너에게 실망을 하였다는 것이다. 그까짓 별루인 사내하나 때문에 목을 매니 너무나 불쌍하다며 이제는 더 이상 시간낭비 말고 훌훌 털고 학교에 등교하기를 바란다는 것이다.

또 충격 받지 말고 들으라면서 돌아오는 가을에 미술 선생님과 결혼을 한다는 것이다. 선생님이 오늘 종례 시간에 말씀 하셨다며 쇼킹한 발언에 우리 반 아이들이 '와 하며 축하해요'하면서 난리도 아니었단다. 그러니 일장춘몽(一場春夢)으로 여기고 제자리로 돌아오라는 것이다.

세령은 하늘이 무너지는 것 같았다. 지성이면 감천인 줄 알았는데 이렇게 허무한 꼴이 되다니 아무리해도 안되는 게 있는 모양이다. 첫사랑은 이루어지지 않는다더니...

세령이 양코를 만나 고백하던 날 수줍게 말해 주었었다. 철없는 그때의 추억은 지금의 아빠에 비하면 조족지혈(鳥足之血)이라고, 윤 선생님보다도 훨씬 더 잘생기셨고 그릇이 몇 배 크신 분이라며 "여고시절에는 다들 그래요"했었다.

푸엉은 여고시절에 수학여행 기회가 있었으나 여행비가 없어 못가고 이번이 처음이라며 아이들처럼 설레이며 좋아하였다. 하롱베이는 그야말로 명소답게 절경이었다. 관광객들도 경이로운 비경에 절로 감탄사를 연발하였다.

관광객 중 여고3학년 남자 담임선생님 6명의 단체관광은 학생들 수능성적이 좋게 나와서 학부모들이 답례로 베트남여행을 보내주었다는 것이다. 젊은 선생님들은 양코에게 살며시 다가와 푸엉 눈치를 보며 푸엉처럼 저런 여자하고는 어떻게 연애할 수 있냐고 조심스럽게 방법을 물어 왔다. 양코는 동병상련을 느끼며 얼마든지 할 수 있다며 답해주기를 여자 가이드보다는 관광버스 기사에게 물어보라고 했다. 선생님들은 기사에게 팁부터 주면서 잘 부탁한다고 인사를 했다. 입이 귀에 걸리게 활짝 웃었다.

2. 섬까지 사들인 문회장

 그때 로즈로부터
[오빠 나도 베트남에 가면 안 될까?]하며 카톡 문자가 날라 왔다.
[이제 베트남 출장이 끝나서 귀국 할 거야]하니 로즈는
[며칠 안 있으면 해외 촬영에 들어간단 말이에요. 그러면 오빠를 또 못 만나잖아]하며 짜증을 부린다. 로즈의 짜증을 듣고 양코도 기분이 깨져있던 차에 국제전화가 와서 받아 보니 중국에 문 성근회장 이었다.
[회장님 말씀은 많이 들었습니다. 어쩐 일이 십니까?]하니
[전 박사 나 좀 급히 만나야겠소?]
[네! 무슨 일신데요?]
[일이 급하게 됐소. 가능한 내일 심양에 3시까지 좀

와주소. 레이저자재 좀 주시오]

[예 회장님과 거래라면 열일을 제치고 가야지요. 지금은 베트남에 있으니 항공편이 되는대로 그리하겠습니다.]

하롱베이에서 일박하려던 것을 취소하고 하노이 공항 근처 호텔로 와서 내일 중국 선양 행 티켓을 예약하였다. 10시 비행기면 3시에 도착할 수가 있겠다. 푸엉은 폰 소리를 듣고서 눈물을 흘리니 어린 딸 혜민이도 영문도 모른 채 엄마를 따라서 울고 있었다. 달래도 슬피 울기만하는 두 모녀를 보니 마음이 짠하다. 짧은 인연의 푸엉에게 가이드 비를 넉넉히 주며 이별을 위로하였다.

양코가 중국심양공항에 내리니 영하30도의 기온으로 엄청 추웠다. 벤츠승용차가 대기 하고 있었다. 기사가 전박사인 양코를 어찌 알아보았는지 단번에 쫓아와서 가방을 받으며

"전 작가님이시죠?"

"그렇소 만은 어찌 아셨소?"

"네 작가님 사무실에 있는 레이저혁명 책 프로필 사진을 보고 알았습니다." "아 그러셨군요. (70권되는 양

코책의 특징은 세네갈에 사진이 있다.)저희 회장님이 기다리고 계십니다. 속히 차에 오르시지요." "그럽시다." 뒷좌석에 오르니 페로몬향수의 향이 너무 지나쳐 역겨웠다.

"기사님 페로몬 향수는 이렇게 많이 뿌리는 게 아니에요. 살짝 칙칙 두 번 만 뿌리는 거예요."

"네 몰랐습니다. 작가님은 향수에 대해서도 잘 아시네요." "네 동물들이 말은 못하는데 어떻게 이성을 유혹하는지를 관찰해보고 페로몬냄새로 유혹한다는 것을 연구했죠. 페르몬 향수3병에(100mg) 99,000원에 판매하는데 품질이 좋아 불티나게 나가지요. 한번 구매한 고객들은 거의가 재 구매를 해요. 나도 하루도 빠지지 않고 뿌려요"

말하는 사이 20분을 달려와 공장에 들어서니 문 성근 회장이 정문까지 나와 기다리고 있었다.

"전 박사님 추운데 오시느라 고생 하셨습니다. 어서 들어갑시다." 회장실은 교실만 하였다.

"와서 보니 크게 성공 하셨습니다."하니

"대구에서 망해 빈손으로 와서 온열 건강매트로 일어서게 되었습니다. 여기가 워낙 추운데 잠자리 건강에도 좋은 후끈후끈한 침구가 없어요. 처음으로 생산하게 되니 몇 년 간 수요를 따라가지를 못했어요. 그러다보니 조그마한 섬 하나를 사게 되더라고요. 이제는 내리막길이라 그래서 전 박사님의 레이저 혁명시대 책을 보고는 아 이거다 하고 초청을 드렸습니다."

"섬까지 있으신데 여생을 즐기시지 또 사업을 더 하시렵니까?"하니

"쉬면은 늙어요. 노후에 목적 없이 무위도식(無爲徒食)하던 친구들이 하나 둘 먼저 가더라고요. 사업 망했다고 마누라는 이혼하고 갔는데 여기에 오니 여자들이 벌떼처럼 달려들어요. 젊은 여자들을 어찌 감당하여야 할지 자문을 받고 싶어서 모셨습니다. 하하하 농담입니다."농담 속에는 진심이 들어있었다.

"레이저는 건강 의료기로도 좋지만 미용 마스크로도 탁월합니다. 그러니 건강과 미용 그리고 은방울 뒤룽

박같은 성 제품 세 가지 사업을 하면 망하는 일은 없다고 하잖아요. 거기에 제품마다 책을 써서 제품에 신뢰도를 높이니 책을 보신 고객들에게 소설 카달로그가 자리매김 광고가 되죠. 회장님도 건강사업으로 건강매트가 성공하셨잖아요."

"그래요 직접 생산해서 전량을 중국 전역 50개 매장에서 강의 판매 마케팅이 적중한 거예요. 강사도 박사급만 초청해서 강사료도 120만원씩 강의료를 고가로 지불하니 뱃장이 먹혀들어 매출이 급상승 하게 된 거예요."

넘치는 카리스마 영웅은 주색을 좋아 한다더니 부산에 성회장과 똑 같았다. 회장님들은 실패도 많이 해본 산전수전 다 겪어본 고수들로 경험이 많은 노하우의 달인들이다.

오후4시가 되자 "300명 전 직원이 강당에 다 모였습니다."하고 공장장 상무가 문 회장에게 보고를 한다. "그럼 갑시다." 앞장서서 강당으로 향하였다. 문 회장은 우선 걸음걸이부터 자신감이 넘쳐있었다.
기대와 호기심에 들떠있는 대륙산업 전 직원들은 눈초리가 초롱초롱하게 기대에 부풀어 주목하고 있었다. 문 회장과 전박사인 양코가 강단에 등장하자 "와"하며

박수를 치고 환호하였다. 문 회장이 소개말이 시작되어

"서울에서 오신 전 박사님은 레이저책을 들어 보이며 이 책에 저자이시며 이것이외 70가지의 책과 70건을 발명하신 다재다능하신 분입니다. 바쁘신 일정에도 특별히 모셔 특강을 하시니 한 시간 동안 꼼짝들 마시고 경청해 들어 주시길 바랍니다." 하니 "와" 하며 또 박수로 환영하였다.

[방금 소개받은 레이저혁명 저자 양코입니다.] 하니 양코란 말에 한바탕 웃음이 터져 나왔다. 우선 긴장된 분위기부터 풀어놓기 위함이었다.

[저는 베트남 출장 중 회장님의 급한 초청을 받고 막 바로 달려왔습니다. 레이저는 5년간 저의 연구 끝에 건강과 미용에 좋다는 것을 확인된 후 책도 쓰고 미용 마스크도 만들어 졌습니다. 앞으로는 대륙산업에서도 온열매트 다음은 레이저매트 시대가 될 것입니다. 레이저는 미용마스크 침구매트 이외 무릎관절 머리가나는 머리 캡 비염에는 콧속 봉 만이 아니라 질염 봉 미용 의료기구로 무궁무진하게 많습니다.] 와 하고 또 박수가 터져 나왔다.

가방에서 마스크를 꺼내 스위치를 작동하니 레이저 빛이 번쩍번쩍하고 진동 마사지에 온열이 따뜻하게 들어오는 것을 보고는 모두들 탄성을 자아내며 또 박수가 터졌다. 은방울 뒤룽박은 남녀 공용으로 전립선, 정력, 요실금 질수축에 탁월한 케겔 운동기 입니다. 하자 문 회장도 대만족하여 강연이 끝나자 저녁식사를 하러 나왔다.

저녁식사 하러 온 곳은 뜻밖에도 평양관 이었다. 옆에는 모란관도 있다.
"이게 어딥니까?" 하니
"북한에서 운영하는 외국 식당들이에요" 한다. 꽃다운 처녀들은 흰 저고리와 검정치마에 모두가 여대생들이 차출되어 2년간 파견된 것이다.
심양은 백두산관광 가는 길목이자 탈북녀들이 남한으로 탈북하기위한 코스다. 탄로 나면 몸을 주고 모면한다고 하여 탈북녀들은 중국 놈에게 안 당한 년이 없다고 한다. 현지처로 아이까지 낳으며 남한으로 탈출에 성공한다.
자세한 내용은 뒤에 다시 언급된다. 서빙하는 여대생의 흰저고리에 김일성, 김정일 사진 뺏지를 달아서 보니 마치 북한에 와서 식사를 하는 느낌에 으스스하였다. 팁을 주니
"일 없습네다." 모금함을 가져오더니 거기에 넣어 달

라고 한다. 학생이 예뻐서 주는 거라고 하니 또

"일 없습네다. 공동으로 벌어 정부에 납금을 채워야 함네다."말한다.

문 회장은 식사가 끝나자 노래와 춤 공연도 보지 않고 시끄러워 대화를 못하겠다며

"조용한데로 가서 이야기 좀 합시다."말한다. 고급 레스토랑으로 옮기니 잔잔한 음악만 흘러나와 조용하였다.

룸에 들어가 단둘이 레이저 원자재 거래상담이 끝나자 문 회장은 60대로 저물어가니 사는 재미가 없다며 성문제에 대한 자문을 얻으려 하였다. 성 증진 박사답게 만족한 답을 주자 만족한 듯이 "과연" 하며 어디로 폰을 하더니 세련된 검정 롱코트에 롱부츠 차림의 30대 두 여자가 왔다. 중국말로

"야들아 박사님께 인사드려라"하더니

"야들은 시청 위생과 공무원들이에요. 문 회장 팔뚝을 감아쥔 야는 나를 따라다니는 양미고요 저 아이는 양미친구 장리에요. 전 박사는 오늘밤 장리 재를 가지세요. 오신다고해서 두둑이 주어 놨어요. 야들이 돈 때문이지 나 같은 늙은이를 좋아 하겠어요?"

"하하하 아닙니다. 60대는 아직은 청춘입니다."

"청춘이면 뭐해요 그림에 떡이니"양미는 청순가련형 여자였다.

"모두들 미혼 인가요"

"아뇨 양미 야는 아이가 있고 저 아이는 노처녀에요 설마 박사님께 이놈 저놈이 입을 댄 년들을 드리겠어요."

"공무원인데도 이러나요?"

"박사님도 참 공무원은 여자가 아닌가요? 양미얼굴을 꼬집으며 야를 봐요 얼마나 새침데기에요. 그런데도 전혀 그렇게 보이질 안잖아요. 짱꼴라 떼 년들은 얼마나 선수인지 명품사내가 아니면 아무리 꼬셔도 안 넘어가는 야물진 년들이에요. 그게 다 돈 벌겠다는 심산이지 뭐에요. 중국은 경제적 동물로 나이와 관계없이 돈 있는걸 보면 다리에 힘없는 80대에게도 달려들어요."

"회장님 아닙니다. 중국말도 못하는데 무슨 여자입니까!"

"앗다 박사님답지 않게 하룻밤 객고에 말이 필요 없지요. 방에 들어가면 다 알아서 하겠죠. 야들은 위생과에 있어서 자기들 성병관리는 철저히 하니까 염려는 안하셔도 되요. 임신은 여자가 알아서 하는 거지 사내가 거기까지 신경 쓸 필요는 없어요."

"그것보다 중국여자는 잘 닦지도 않는다고 들었어요. 심지어 뒷물도 않는다는데 지저분해서 되겠어요?"

"그거와 관계없어요. 코로나 전염병도 제일 먼저 발생하는데…"

"어느 여고생이 남학생과 소주 두병을 마시고 여자가 졸도 하였는데 남학생이 범한 것도 몰랐다가 술을 깨어보니 파열된 통증에 아래가 축축하여 고민하던 중 기어이 임신이 되자 고소를 했다고 하잖아요."

"박사님은 아시는 게 많으시니 철저하시네요. 중국에도 씨 뿌릴까봐 거기까지 신경 쓰세요. 그러면 콘돔을 쓰던지 피임약을 먹든지 하겠죠."

"네 회장님의 성의로 알겠습니다."

박사급 강사가 되면 대우가 달라진다. 접대 받고 존경 받고 강사료도 고가로 올라간다. 외국초청 시는 숙식 제공 항공편까지 제공 받는다. 중국시청공무원 장리에게까지도 성 접대를 받는다. 한국처럼 성매매로 불법이라는 생각을 하면 위축되어 낯가림 할 수도 있다. 그러나 문 회장님의 성의를 봐서 알아서 할망정 그런

다고 하였다. 면전에 한사코 거절하는 것도 성의를 무시하는 결례다. 융통성 없는 맹꽁이 샌님이면 몰라도 남 회장은 기사에게 시켜서 오리털파카를 사오게 하더니
"전 박사 이거 입으세요. 더운 베트남에서 오시느라고 옷이 가벼우니 감기 들기 전에 입으세요."여기까지 배려하며 극진히 대접하여 주셨다. 장리와 함께 호텔 룸에 들어가는 것을 보고 문 회장도 양미와 다른 방으로 들어갔다.

룸에 들어선 장리는 롱부츠를 벗으니 공기가 통하지 않아 발 꼬랑내가 확 코를 찌른다. 자기 똥 구린 줄은 모른다더니 본인은 못 느끼는 눈치다. 신발을 자주 바꾸어 신고 다니라고 말을 해주려고 해도 말이 통하지 않으니 벙어리 냉가슴이다. 그리고는 처음 보는 사내 앞에서 공개방송을 하듯이 능숙하게 훌러덩 벗으니 옥문 속 속살을 뻘겋게 보이며 샤워장으로 들어가는 짓이 뻔뻔스러워 섰던 것도 죽어버리고 말았다. 하도 어이가 없어 뭐 저런 년이 있나 싶었다. 제아무리 하룻밤 일회용이라지만 여자는 천생 여자다운 내숭이 있어야지 너무 노골적이다 보니 맛이 싹 가셨다. 경험이 많아 습관적 이다보니 면역이 된 것 같다. 그러지 않

아도 손도 안댈 생각이었지만 하는 짖은 더욱 가관이었다. 그러나 저러나 속껍질까지 벗겨내는지 들어가서는 나오지를 않는다. 샤워장 문틈으로 들여다보다 깜짝 놀랐다. 자위를 하고 있는 게 아닌가!

조루 남편이 5초 땡으로 문전만 어지럽혀 신경질 나서 자위를 한다는 소리는 들어봤어도 섹스 전에 목을 뒤로 제치고 숨소리 가쁘게 자위한다는 것은 처음 보았다. 하는 짓마다 매력이 없고 아예 생각이 없어 머리까지 이불을 싸고 자는 체를 하였더니 욕실에서 나와 잠자고 있는 양코를 중국말로 짓거리며 흔들어 깨웠으나 들은 척도 않고 코만 골았다. 장리는 포기하였는지 전등불 스위치를 내리면서 양코 옆으로 달려들더니 겁도 없이 손이 사내의 가랑이속 가운데로 들어온다. 그러자 잠에 취해 곯아떨어진 척 엎어져 자니 알몸이 된 장리는 양코 손을 자신의 둔덕위에 올려놓고 잠이 들었다.
자다가 목이 말라 깨어보니 내손이 그녀의 음부에 놓여 있었고 장리는 마네킹처럼 반듯이 누워 미동도 하지 않고 묶어가도 모르게 골아 떨어져 있었다. 그녀는 남자 하나로는 양이 차지 않아 자위로 량을 채우는 색골이었다.

출장이 길어지자 사무실로 먼저 폰을 했다. 금사랑 실장이 반갑게 받더니

"대표님 언제 오세요?"

"왜 무슨 일이 있나?"하니

"오시면 말씀 드릴게요."

"무슨 일인데? 내가 궁금해서"하니

"오시는 대로 술 한 잔 사주셔요."

"뭐라고 또 멍들었나?"하니

"네"하기에

"알았어."하고는 집하고 인천에도 폰을 하였다. 또 일본도 전화를 해주었다. 스마트 폰으로 카톡이나 폰을 하여도 베트남인지 중국인지 구분이 안 되었다. 홍 장미는 태국의 유명휴양지로 러브신 촬영을 떠나가 있고 일본에 스미꼬는 자기를 서울에 못 오게 하는 것으로 알고 중국이라 해도 믿지를 않아 인증 샷을 보냈다. 그때 카톡으로 공 하늘 엄마를 소개팅 해주었던 광고사의 젠틀한 조대표에게서 문자가 왔다.

[박사님 언제입국 하세요? 인사 동에서 식사 한번하게요]

[그건 그렇고 장능 최 하연 여사와는 어찌 되었소?]
[네 골인입니다]
[와 그렇게나 빨리 후유] 그 순간 등에 진 큰 바윗돌을 내려놓는 기분이었다.

양코가 오랫동안 나와 있어도 사무실에는 유능한 인재 타고난 년이 있었다. 10년 전 간호사를 하던 금사랑이 공채로 입사했다. 77년생인 금사랑은 양코의 입속에 혀처럼 잘 돌아가게 해내어 직원들이 타고난 년이라 불렀고 별명이 되었다.
양코는 쌍꺼풀이 매력적인 금사랑 실장이 있어 11일 간에 유럽여행도 일주일간에 호주 뉴질랜드도 다녀올 수가 있었다. 미국에 두 동생들이 뉴욕 맨해튼과 버팔로 나이야가라 마을에 살아 자주 다녀올 수 있었다. 양코에게는 복덩어리였다. 거기에다 섹시하게 예쁘기까지 하여서 거래처에서는 토끼나 꽃사슴으로 부르며 간식으로 먹을거리를 사와서 주곤 하였다.
그러나 남편 복이 없었다. 여전히 폭력전과가 많아 합의 보아서 빼내느라 고생하여 양코가 도움을 자주 주었고 그걸 알게 된 남편은 아내를 걸핏하면 눈탱이가 밤탱이 되게 패대기쳐서 파란 멍이든 채 출근하곤 하였다.

금사랑은 여의도 병원에 간호사로 근무 중 폭력으로 상처가난 황병만 환자가 응급실에 실려 왔다. 상처를 꿰매고 치료를 받고 퇴원 후 어느 날 금 사랑이 병원에서 퇴근하는 것을 보고는 달려들어 차로 납치하여 꼼짝없이 성폭행을 당하고 말았다. 만약에 신고하면 너의 집을 알고 있으니 너의 가족을 죽이겠다고 협박하여 신고도 못하고 끌려가서 동거로 딸까지 출산하게 되었다. 영등포 폭력배인 남편은 돈도 벌어오지 않아 아기 우유 값도 없어 유아원에 맡기고 양코회사에 취업하게 되었다.

천사 같은 아내에게 상습적으로 폭력을 하는 이유는 병원에서 보니까 의사들하고 의심스럽다는 의처증 때문이다. 술만 취하면 어떤 사이였냐며 목을 조이며 폭행을 한다는 것이다. 금사랑은 사연을 이야기 하면서도 부르르 떨었다. 정말 무서워요 금방이라도 나을 죽일 것만 같아요.

미인박명(美人薄命)이란 미인(美人)은 흔히 불행(不幸)하거나 병약하여 요절(夭折)하는 일이 많다는 뜻이다. 여자는 사랑과 이별에 공통점이 있다. 있을 때 잘하지 않으면 한참 불이 붙을 때는 어떠한 일이 있더라도 화장실 에서 그이가 불러도 번개처럼 달려오지만 사랑이 식으면 근사한 레스토랑 에서 불러도 다른 핑계를 대며 오지를 않는다. 그러다가 말을 바꾸어 타면 새로운 사내에게 과거가 들통날까봐 숨기기 위하여 카톡 문자까지도 차단한다. 살을 부비며 제일 가까웠던 인연을 인격적으로 대해주지 않으면 변심하고 악연이 되어 원수가 된다.
사람 볼 줄을 모르면 기회를 잃으며 엉뚱한 남자에게 눈이 멀었다가 또 이별에 악순환을 겪는다. 여자는 과거에 이력이 쌓일수록 주가가 떨어지면서 팔자가 드세지기 때문에 첫 단추를 잘 꾀어야한다. 그러므로 생각이 팔자라는 말이 딱 맞는다.

금사랑은 경찰서에서 남편을 빼내는데 양코의 도움을 몇 번 받고는

"대표님 언제 신세한번 갚을게요." 하는데 그 의미심장한 말이 무슨 뜻인지를 모르겠다. 혹시 남편에게 질려서 배신을 하겠다는 것인지…
대기업에 여비서나 개인회사에 여경리는 사장들의 밥이라고 하지만 여직원 에게 손을 대면 그다음부터는 사모님이 되어버려서 말을 듣지 않고 회사 돈에 손을 대어도 말을 못한다. 질책하거나 퇴직시키면 양코의 약점을 해코지 한다.
금 사랑을 손대서 깡패남편이 알게 되었을 경우에는

공갈협박을 들고 나올 것이다. 그런 수난을 자초할 필요가 없다. 그동안 자제력이 있었기에 양코는 불미스러운 스캔들로 한 번도 세간의 입에 오르내린 적 없는 기술자다.

여자의 마음은 갈대와 같아 믿을 수 없다. 홍 로즈도 강 감독 때문에 양코와 인연이 되었는데도 말하지 말라고 하더니 공 하늘도 똑같다. 그러나 끝이 좋아야 할 터인데 신경이 쓰인다. 재미 볼 때는 언제 봤느냐 하다가도
사이가 좋지 않으면 원망하니 내가 어리석었다. 여자가 먼저 무덤까지 입을 다물고 가자고 당부 해놓고 뒤돌아서는 입이 가벼워 소문이 좍악 퍼진다. 왜 그랬냐고 하면 언니를 믿어서 말하였는데 하며 후회를 한다. 양코는 여자들을 여러 번 분양시켜 보았지만 모두다 양코에게는 깨진 것으로 숨겼다. 그렇게 재미를 보면서 숨기는 것이 바로 그게 여자다. 여자는 친한 친구에게도 이성문제로 잠자리까지 갔던 것까지는 숨기려 한다. 하늘이네도 자존심을 건드리지 않게 모르는 척 하는 게 배려로 연락을 하지 않았다.

아침 호텔뷔페식당에서 문 회장 일행과 넷이서 식사를

하고 장리와 양미는 시청으로 출근하러 헤어졌다. 문 회장은

"전 박사 오신 김에 북경이랑 상하이 두 매장만 특강 좀하고 가이소. 그리고 박사급강사 좀 많이 보내 주이소. 항공권과 숙박 제공하고 120만원 강의료로 모실 터이니. 중국 곳곳에 50개 매장이외 태국, 베트남, 필리핀까지 확장 하려고 합니다. 그곳은 더운 지방이라 레이저만 하려고 하니 자재공급도 차질 없이 보내 주이소."

"사무실을 너무 오래 비워서 좀... 그리 하지요" 문 회장과 일로 좋은 일이 많을 것 같다.

박사급 강사 확보가 급선무다. 한번 박사는 평생 박사다. 대기업에 입사해도 과장급부터 시작된다. 수많은 박사 중에는 거지박사도 많다. 전국에 강사가 70만 명이나 되지만 박사강사는 귀하다.

여기 심양도 한국 사람들이 물을 많이 흐려 놓았다. 처음에는 한국 사람들을 돈 많은 한국양반 들이라고 대접받았다. 그러다가는 얼마 되지 않아서는 한국 놈들이라고 불렀고 그러더니 또 얼마 안가서는 한국새끼들이라 불렀다.

중국 정부에서 한국기업을 유치하자 심양에 오면 돈 몇푼 흔들고 다니며 여자부터 찾았다. 우리 돈 천만

원이면 작은 아파트를 사주고 현지처로 삼았기 때문이다. 그런 기회를 얻지 못한 친언니는 부러워서 동생의 애인을 가로채려다 안 되니 30대자매가 60대 영감 하나와 삼각관계를 이루며 같이 들 사니 짐승이나 다를 바 없다며 한국새끼들은 하나같이 여자라면 사족을 못 쓰는 놈들이라고 고개를 흔든다. 벼는 익을수록 고개를 숙이는데 남자는 돈 좀 있으면 여자에게 눈이 멀어 고개만 빳빳이 세우고 다닌다.

중국인구 14억 중에 억만장자는 1억 명이 넘어 신상으로 가장귀한 것들이 나오면 눈 깜짝할 사이에 완판된다. 앞으로는 미국과 일본을 뛰어넘는 경제대국이 된다. 그걸 몰라보고 우리나라 남자들이 심양에 현지처를 얻어 희희낙락(嬉嬉樂樂)하는 것이 전에 일본 똥차트럭 운전사나 리어카 행상들이 기생관광으로 한국에 와서 하던 꼴과 같았다. 일본 돈 백만 엔이면 우리 돈 천만 원이다. 숫처녀를 하룻밤 사는데 백만 원을 주었고 공항에서 막 바로 미아리 텍사스촌 여성들을 성노예로 삼아 국제적문제가 되기도 하였다.
그때 생겨나게 된 것이 지금까지 이어져 룸살롱이나 요정에서 돈을 뿌리게 만든 여자들이 성노예들이다. 일본 똥차 운전수들이 기생관광을 와서 미아리에서 유행시켜놓은 것들이다.

우리나라도 잘살게 되자 중국 베트남, 필리핀, 태국, 동남아에 골프관광을 다니며 일본 똥차운전수와 같은 행태를 한다. 필리핀에 일억을 가지고 이민가면 귀족 대접을 받을 수 있다니 겸손은 찾아볼 수가 없다.

어느 친목회 세 친구가 여름휴가를 필리핀으로 골프관광을 떠났다.
다음날부터 신나게 골프 샷을 날리고 캐디에게 팁을 주자 한국말을 아는 그녀는
"사장님 숙소로 여자를 보내 드릴까요"하니 기다렸다는 듯이
"좋지요! 얼마예요?"
"3명이시니 30만원만 주세요."
"그렇게나 싸요?"하니
"골프에 고단하시니 숏 타임만 하세요."
"그러면 3명을 보내주세요."
호텔 룸을 하나만 쓰려고 하다가 여자 때문에 방을 3개로 늘렸다. 밤이 되자 이윽고 들어온 여자는 캐디였다. "여자가 모두 다 방에 들어가서 제가 대신 왔어요."하며 재빨리 일을 치른 캐디는 "잘 쉬세요."하며

나갔다. 그들은 아침에 호텔식당에서 만나 "나는 캐디가 왔던데"하며 으쓱하니 "나도! 나도!"하여 한 여자가 세 남자를 다 잡아먹었다는 것을 알게 되었다. 아뿔사 세상에 이런 일이...사내들이란 어리석기가 짝이 없었다.

심양은 산이 없고 넓은 평야만 보인다. 옛날에는 선양이었고 북한하고 거리가 가까우니 오애시장에는 장마당 보따리 밀수꾼들로 우글거리는 곳이다. 짝퉁은 무엇이든 있으며 성인용품도 가장 많은 곳이다.
가까운 지방에는 옥 광산이 있어 남성 페니스반지를 만들며 옥 링의 원자재 광산도 있다. 성인용품 자체도 창의적인 게 없고 한국산이나 일본산을 모방하여 저가로 유통시켜 성인용품 시장을 문란하게 만든다. 샵들은 고전을 면치 못하여 문 닫는 곳이 늘어나고 있다. 심양에서 가장 인상적인 곳이 오애시장이다. 대규모 건물에 동별로 각종 제품이 나누어져 있는데 명품상표 짝퉁이 많아 활기가 넘치는 곳이다. 며칠간에 심양을 뒤로하고 문 회장과 베이징을 거쳐 상하이에서 귀국하여야겠다.

베이징 매장에 도착하니 커다란 플랜카드 현수막이 걸

려 있었다.

<대체의학 배 동근박사 초청강연> 양코는 아 하고 깜짝 놀랐다. 배 동근은 동료박사였다. 그래서 문 회장도 배 박사가 이야기를 해서 나에 대한 정보를 알았던 것이고 배 동근이 책을 가져간 것이 문 회장 손에 들어간 것이다.

배 박사는 온열매트에 대한 강의를 한참 하던 중이였다 배 박사는 양코에게 어느 날 폰으로 베이징에 가면 오랫동안 못 볼 거라며 한번 오라고 하더니 여기에 온 줄은 몰랐다. 배 박사는 입담이 좋아 고객을 매료시켜 매출을 올리는 데는 뛰어난 재주를 가지고 있는 명강사다.

그 사람 강의를 들으면 사고 싶은 욕구에 안 사고는 못 배긴다. 일당120만원강사료 이외 옵션을 따로 더 받는다. 회장님 배 박사를 잘 모셔왔습니다. 청와대까지 강의를 하던 명강사입니다.

배 동근 박사는 강연이 끝나자 달려 나와 "잘 왔네." 하며 반갑게 마주하였다. 세 사람은 의기투합 하였고 저녁나절에는 이화원으로 자리를 옮기었다.

이화원은 중국의 최고 악녀인 서태후가 청나라를 멸망케 한 별장이다.

남편인 왕이 사망하자 아들은 허수아비고 엄마 서태후가 수렴청정하며 실질적인 왕 노릇을 하였다. 그녀 역시 매일 밤 청년들만 불러들여 별장에서 정욕을 불사르고는 백성들에게 소문날 것을 염려해 사살해 버렸던 색녀이며 악녀였다.
중국여자 중에는 측천왕과 서태후 둘만이 권력을 휘둘러보았을 뿐이며 그녀하룻밤도 거르지 않고 남자와 정사를 나누는 최고의 색녀들 이었다.
이화원을 나와서 청요리 중 제일 비싸다는 제비집과 기력회복에 좋다는 상어지느러미 요리인 샥스핀을 식사로 하였다. 분위기는 여왕들의 음담패설로 화기애애 하였다.

중국 당나라 때 측천왕후는 남편인 왕이 사망하자 아들이 왕을 이어 받았지만 아들을 죽이고 여자로서는 유일무이하게 여왕이 되었다. 그녀는 남편이 죽은 1년 후부터 잘생긴 승려를 호위무사대장군으로 삼아 남들에 의심을 피해갔다.
신라시대 여왕들도 추문이 끝일 날이 없었고, 여자대통령도 예외가 아니었다. 여자도 마찬가지로 권력을 잡으면 남자부터 만들었다. 측천왕은 연하인 청년 설현을 첫 남자로 시작해서 두 번째는 어의를 비롯하여

3천명의 남자와 밤을 즐긴 옹녀였다.
대장군 설현은 질투를 참지 못하고 궁궐에 불을 지르자 측천왕은 첫 남자를 살해한다. 남자나 여자나 권력이나 재벌이 되면 제일먼저 탐하는 게 성욕을 풀어줄 이성을 찾으며 수시로 갈아 치우는 일이다. 옛날부터 현대에까지 최고의 권력을 잡으면 본능을 마음껏 발산하였다.

다음날 베이징 매장에서 양코의 레이저혁명 이미지 강의가 끝나자 오후에는 북경에 명소인 만리장성으로 올라갔다. 단연 세계문화유산인 만리장성과 천안문 이화원을 제일로 쳐준다. 하룻밤에 만리장성을 쌓는다는 만리장성에 올랐다.

만리장성에 대한 유래는 이러하였다. 시골에서 장가든지 얼마 안 된 신랑이 만리장성 부역에 끌려갔다. 여자가 혼자되면 남정네는 만만히 보고 들이대기 일쑤다. 남편이 없는 젊고 예쁜 새댁에게 남정네들이 똥파리처럼 날라들었다. 새댁은 부역 간 신랑에게 옷 보따리를 전해주고 편지 답장을 받아오는 남자와 하룻밤만 자겠다고 선언하였다. 무식한 놈이 용기가 있다고 하듯이 한 놈이 옷 보따리를 받아들고는 만리장성에서 부역 질하는 남의 신랑을 찾아갔다. 옷을 전하니 신랑은 옷 속에 있는 편지를 보고는 옷 갈아입는 척 하고 그 길로 도망쳐 나오고 답장을 기다리던 놈은 신랑대신 감독한데 모자란 숫자로 채워져 부역 질을 하게 되고 말았다.

어리석은 놈은 옷 보따리만 전해주면 새댁과 하룻밤을 잘 줄 알았는데 만리장성만 쌓게 되었으니 하룻밤만 자도 만리장성을 쌓는다는 말이 생겨나게 되었다. 그런 강열한 성욕본능은 지구를 멸망치 않게 하는 이치다.

여자한번 안아 보려다 수난을 겪는 남정네들이 부지기수로 많다. 형무소에 죄수 중에는 성범죄자가 많다고 하니 사람들이 성에대한 굶주림이 얼마나 많은가를 짐작할 수가 있다.

여자도 마찬가지다. 빌딩에서 나오는 월 임대료 수입이 5천만 원이나 되는 쌍과부 모녀는 부족한 거라고는 사내가 없는 것뿐이다. 남자가 돈 있으면 여자를 손안에 넣는 것은 식은 죽 먹기지만 여자는 돈이 많아도 남자를 손안에 넣기란 녹록치 않은 게 현실이다. 그래서 궁리 끝에 못 배우고 무식 놈을 찾아서 겨우 잡아놓니 두 모녀를 다잡아먹고 빌딩주인 행세를 한다.

북경에서 3일을 보내고 남쪽으로 내려가 중국에서 부자들이 가장 많이 산다는 상하이로 갔다. 프랑스에는 상징인 에펠탑이 있듯이 상하이의 상징인 상하이 탑이 현대식으로 잘 지어져 있었다. 바닥이 투명유리다보니 타워에서 내려다보는 순간 아찔한 맛이 짜릿하다. 관광객은 더욱 자극되어 몰려들고 있었다. 스카이라운지에서 내려다보이는 상해시내의 전경은 부자들이 많다는 빌딩숲을 이루어 중국이라는 생각보다는 유럽이나 미국 같았다. 중국이 이렇게 잘사는 줄은 여기에 와서 처음 느끼었다.

남 회장도 중국 50개 매장 중 상하이매장이 제일 매출이 크다고 전한다. 홍콩매장 마카오매장은 시간이 없어 못 가겠다. 거기도 잘사는 지방자치제지역이라 가보고 싶었으나 내일은 중국에 온지도 일주일이 넘었으니 여기서 귀국할 예정이었다.

3. 상하이로 탈북한 여대생

 상하이에서 레이저혁명 강의가 끝나자 문 회장은 "내일 귀국하실 터인데 상해임시정부기념관이나 다녀오소."권한다. 자신은 상해매장 센터장과 할일이 있다고 한다. 양코는 백범 김 구 선생이 생전의 활약상을 엿볼 수 있는 기회라 생각되어 홀로 나섰다.

옛 상해임시정부는 그대로 보존되어 있었으며 거의가 한국관광객 이었다. 왜놈들을 피해서 세운 임시정부기에 작고 초라하였다. 그때 어린소녀가 눈을 두리번거리며 누구에 쫓기듯 불안해 보였다. 양코는 소녀가 심상치 않아 보여 편하고 온화한 말씨로 "학생"하니 섬뜩하며 소스라치게 놀란다.
"학생 나는 한국의 소설가야. 나쁜 사람이 아니니 염려 마. 학생은 혼자서 관람하러 왔나?"하니 양코를 흘깃흘깃 올려다보면서 해코지할 사람이 아니라는 것으

로 판단되었는지

"네 혼자래요" 말소리가 이북사투리였다.

"학생 커피 한 잔할까?"하며 커피숍으로 자리를 옮기니 지푸라기라도 잡을 듯이 졸졸 따라왔다.

탈북소녀가 지금은 여대생이 된 권 은하를 우연히 만나게 되었다. 탈북하여 여기까지 오는 동안 수차례 걸릴 때마다 북송 되지 않게 살려고 엄마와 같이 여자의 몸을 뇌물로 바치며 살아온 이야기를 털어놓았다. 탈북수기 쓰는 방법을 알려 달라며 매달렸다.

체험 수기는 숨김없이 벌거숭이가 되어 털어놓아야 독자들에게 감동을 받을 수 있다고 하니

"네 작가님 저는 떼 놈들에게 당한 모든 것과 일본 놈에게 당한 위안부 할머니들처럼 북한의 인권 탄압과 성노예 실상을 세상에 낱낱이 알릴거라요."

북한에 최악의 기근이든 고난의 행군시절 이후부터 지금까지 멀건 죽도 못 먹어 굶어죽는 아사자가 거리에 시체로 즐비하다는 것이다. 실상이 이러하니 탈북자가 급속도로 늘어나고 탈북녀들은 정조보다는 목숨이 우선시 되었다.

인신매매에 대한 소녀의 이야기는 이어갔다.

은하는 엄마와 함께 15살 되던 해 겨울밤 압록강을 건너서자 중국 브로커에게 들켰다. 밀고하여 북한으로 북송되어 가면 고문당하고 정치범수용소에서 짐승처럼 살아야만 한다. 엄마는 북송당하는 것을 무마하려고 내가보는 앞에서 중국브로커에게 자진해서 죽는 것보다는 낫다며 몸을 희생하셨다. 떼놈은 그 후 자기 집에 숨겨주더니 다음날은 영글지도 않은 15세 된 은하를 원하였다. 목숨을 구하기 위해서는 엄마가 그러했듯이 첫 순결을 그놈에게 짓밟히며 처녀성을 잃고는 모녀가 부둥켜안고 엉엉 울었다.

중국에는 남한으로 탈북하려는 탈북민이 30만 명이 떠돌고 있으며 여성은 거의가 모녀가 당한 것처럼 당한 후에는 30만원에 인신매매로 팔아넘겨졌다. 농촌 홀아비가 아니면 창녀촌 이었다. 엄마가 먼저 시골에 나이가 많은 노인에게 팔려갔다.

불안하여 주변을 두리번거리고 눈물을 흘리면서 이야기를 계속했다. 브로커는 은하를 브로커의 두목에게 상납하였고 애첩이 되었다. 매일 밤 성 노리개로 희롱당하였다. 엄마와 떨어져 살게 되니 궁금하였지만 핸드폰도 없으니 연락이 두절되어 불안하였고 제발 임신만 되지 않기를 간절히 바라며 하루하루를 버티었다. 남한으로 탈출하기란 험난하기만 하였다. 그래도 자유를 찾아 시련을 감내 하며 있는 중이다. 기회만 있으면 탈출하려고 도움 주는 선교사님을 찾는 중 이였다.

한 가정에 가장이 능력이 있으면 풍요롭게 살 수 있지만 한나라에 독재자로 무능하면 백성은 배를 곯아 원성이 높아진다.

제아무리 유능해도 잘살 수가 없는 게 독재정치이기 때문이다. 권 은아 아버지는 남한에서 태어났으면 빌딩을 소유할 수 있는 능력 있는 자다. 부지런하고 성실한 가장이였지만 영양실조로 인해 폐병으로 일찍 사망하고 말았다.

북한의 식량난은 땀과 눈물로는 해결될 수가 없었다. 워낙 기근이 심해 의식주를 책임지던 정부도 손을 놓고 알아서 살아가라고 하였다. 굶주려 엄마가 버린 아기들은 거리에서 꽁꽁 얼어 죽어 쓰레기더미에 버려지고 있었다. 한 가정에서는 나이 많은 노인들과 나이 어린 아이들부터 죽어가고 있었다. 굶주려 병마와 싸워갈 힘이 없어 심장이 멎어 죽어들 갔다. 그러나 평양은 전혀 달랐다. 동화 속에서나 나올법한 고층건물과 여자들은 깔끔한 치마를 입고 있었다. 평양시내에는 꽃 제비나 거지가 하나도 없었다. 그만큼 속과 겉이 다른 이중성으로 보여주기 식인 모습이 평양도시였다.

지방에서 평양에 와본 인민들은 105층 빌딩에 깜짝 놀라서 딴 나라 같았고 평양에서 아버지가 딴살림을 차려 찾으러 왔을 때 돼지고기 수육 한입 먹어보니 천국이었다. 그 후 밀수가 걸려 아버지는 추방당하여 감옥에 갔다가 폐병으로 사망하셨다.

평양에는 아무나 살수가 없었다. 고위직이나 군장성급 특수직종만 살수가 있다. 탈북을 결심한 사람들은 대부분 중국으로 탈출하여 살다가 남한으로 탈북을 한다. 은하는 밤마다 능욕에 시달리다 탈출에 성공하여 어느 탈북녀 언니의 도움으로 채팅방 일을 하였다. 중국 남성들을 상대로 여자얼굴이 상품이 되어 보여주고 채팅 방에 들어온 남자가 마음에 든다고 클릭을 하면 남자가 원하는 대로 인터넷 채팅 방에서 행하여주며 시간을 끌수록 요금은 올라간다. 남자들이 원하는 것은 첫째 은하에 옷을 모두 벗게 하는 것이다. 그리고는 자위행위를 시키며 채팅 방을 보며 남자도 자위를 동시에 하는 것이다.

어느 정도 돈을 모으자 엄마를 백방으로 찾았고 전문 브로커를 사서 탈북을 돕는 선교사의 도움으로 남한에 오는데 성공한다. 그런데도 남한은 북한을 동경하는 좌파 종북세력이 수십만 명이나 된다니 한심하다.

모녀의 상봉은 눈물 없이는 듣지 못할 기구한 이야기였다. 선교사의 도움으로 탈출에 성공한 이야기는 나는 내일이면 귀국하니 서울에 오면 하기로 하고 상하이에서 헤어졌다.

은하는 탈출에 성공하여 하나원을 거친 후에 얼마 안 되어 양코에게 찾아왔다. 자수정출판사 사무실에서 반갑게 마주한 은하는 그동안 몰라보게 성숙 하였고 대학에 다니는 여대생이 되었다. 인사만하고 은하의 탈출기는 양코가 하는 일이 너무 많아 시간이 없다고 또 다시 다음으로 미루었다.

그런 이유는 비슷한 탈북녀들의 수기가 여러 종 나오며 지금도 북한에 대한 이야기가 계속 나오고 있어 자칫 잘못되면 책으로 내기에는 인쇄비도 못 건질 것 같았다. 인터넷 시대가 되다보니 종이로 인쇄된 책은 잘 팔리지 않기 때문이다.

외국출장을 마치고 귀국하니 제일 반갑게 맞아주는 것

은 타고난 년 금사랑 실장이었다. 퇴근시간 무렵이 되자 사장실에 들어와
"대표님 술 한 잔만 사주세요. 네? 대표님 남편이 징글징글해요"
"왜"
"이따 말씀 드릴게요. 저는 대표님 오시기를 눈 빠지게 기다렸어요. 술보다도 금실장이 그동안 고생 많았으니 내가 저녁 한 그릇 사지" 장능에 여대생 공 하늘하고 가던 일식집 북해도로 오라고 하였다. 생복 매운탕으로 저녁 식사를 하다가
"대표님 이게 무슨 생선인데 이렇게 시원해요?"
"왜 맛이 없나?"하니
"아니에요. 이렇게 맛있는 거는 처음 먹어봐요"
"아 그래! 2만 원짜리 복 지리야"
"복 이라고요? 와 말은 많이 들어봤어도 처음 먹어봐요. 대표님 덕분에 처음 해보는 게 많아요. 대표님 감사합니다."
"금 실장 그래 할 이야기가 뭐야?"하니 뜸을 들이다가
"돈쓸 일이 있어 가불 좀 해주세요."
"무엇에 쓰려고 하는데"하니

"그 인간이 또 공장에서 싸워서 구속되어 있어요. 지난 주일에 면회 가니 합의를 안 봐준다고 나가면 그냥 안둔다고 눈을 부라려서 무서워요."

"이번에는 정신 좀 차리게 그냥 놔두지 그래! 고생 좀 해봐야 버릇을 고치지"

"이번만 마지막으로 빼주고 또 그러면 이혼하려고 그래요. 그러니 대표님이 도와 좀 주세요. 대표님이 하자는 대로 할게요"하며 유혹에 눈초리를 보내왔다.

"그게 무슨 소리야 합의를 얼마에 보려고 하는데?"

"진단은 얼마 안 나와서 세 달 치 가불 정도면 돼요. 폭력 동종전과가 많아서 구속 되었어요" 금사랑은 얼마나 다급하였기에 자신의 몸까지 열면서 남편을 빼내려는 것이다.

"그렇게도 급한데 회사 돈에 손도 안 댔으니"하니

"공금에 손대면 큰일 나지요" 착한 직원이었다.

"나도 이번만 줄 터이니 다음부터는 이런 부탁을 또 하면 안 돼!"하니

"대표님 정말 고맙습니다."

탈북 여대생 권 은하에게 수기는 벌거숭이가 되어 있는 그대로 쓰라고 하였듯이 자서전도 마찬가지다. 수

기, 자서전, 체험실화소설은 논픽션으로 90% 이상은 사실그대로 이어야 독자들이 많이 찾는다.

허구로 창작된 픽션소설 보다는 실화인 논픽션을 사람들은 좋아한다. 공자 왈 맹자 왈 하는 명언보다는 흥미진진한 사실감에 박진감이 넘치는 애정소설에 눈을 떼지 못하며 뜻밖의 상식에는 의아해 하곤 한다.
손만 뻗치면 여자가 있고 그녀들의 유혹이 있는 것이 사실인가요? 유혹을 읽던 독자가 문의 콜을 해왔다. 자신은 여자에게 유혹 한번 못 받아 봤는데 여자가 먼저 유혹해오는 것이 정말 인가요? 작가님 유혹소설에 빠졌어요. 너무 재미있어 다음호가 나오기만 기다려져요.

양코는 늘 바빠서 잠시도 집에만 있는 법이 없었다. 양코가 해외출장으로 여독이 풀리지도 않았는데 부산에서 성회장이 귀국 한지를 어찌 알고 전화가 왔다.

4. 새로 등판한 나하나

"일은 잘보고 왔는교? 여기도 기다리는 사람이 있으니 견본을 가지고 빨리 오이소"
"네 가겠습니다." 금사랑 실장과 이상무 박 부장에게 맡기고 또 부산으로 떠났다.

계약된 금 그릇은 금값이 너무 올라서 금값 내리길 기다리고 있다. 그 대신 레이저 마스크와 은방울 뒤룽박 케겔 운동기 부산센터를 희망하는 나하나 피부샵 원장이 눈이 번쩍되게 세련되고 단아한 모습으로 먼저 와서 기다리고 있었다. 회장실에 들어서자 벌떡 일어나더니 악수를 청하여 손을 잡으니 가녀린 손바닥은 뺏뺏하였다.
"전 박사님 말씀을 많이 들었습니다." 옆에서 성회장이 거들었다.
"여기 나 원장은 우리 장 여사 단골 피부관리샵 원장

이라요. 그러니 부산은 나 원장에게 맡기면 잘 해낼 거라예. 자 이제 목이나 축이러 갑시다." 일행들 넷은 일어섰다.

피부 관리를 얼마나 받았는지 얼굴은 투명하게 윤이 나서 예쁘다. 양코는 눈을 떼지 못하고 있으니
"미모가 보통이 아니지에?" 성 회장에게 마음을 들키자
"오늘은 식사만 하시지요."
"해외 출장에서 혼이 나셨군. 하하하" 나 원장이 의미를 알아듣고는 무안해 하자 장여사가 성회장의 옆구리를 쿡 찌르며 짓궂으셔 하며 양코를 쳐다보며 무안해 한다. 부산서면에 자연산 천일횟집에서는 약속대로 저녁식사만 하고 성회장과 장여사가 먼저 일어서며
"두 분이 사업이야기를 나누이소." 하며 자리를 비켜주었다.
"그러면 내일 뵙시다."하며 헤어지니 양코와 나 원장 뿐이었다.
"피부샵은 잘 되시나요"하니
"너무 난립이 되어 고객을 많이 빼앗기고 있어요. 그래서 여성만 상대하는 신제품 레이저마스크와 은방울

뒤룽박을 하려고 해요. 부산센터 조건은 어떻게 되나요?"
"우선 타 지역 센터에 가서 보아야 해요"

여자와 그릇은 밖으로 내돌리면 깨진다 듯이 깨지는 아내들은 한 결같이 남편이 옆에 있으면 존경심은커녕 질려서 냄새가 난다며 고개를 흔든다. 그리고는 천성인 혈통 DNA때문이라며 유전이니 고칠 수 없다고 한탄한다. 딸은 어머니를 닮고 아들은 아버지를 닮는다. 배우자를 잘못 만나면 남자나 여자는 자신의 인생뿐만 아니라 남의 인생까지도 망치게 된다. 아무리 벌어들여도 허영이나 낭비가 많은 배우자가 있으면 있는 대로 모두 다 쓰기 때문에 밑 빠진 독에 물붓기다. 그런 배우자는 자기 손으로는 돈을 벌지 않기 때문에 경제관념이 없고 무능하여 배우자의 인생을 망쳐놓고 만다.
백수인 주제에 술값도 먼저 내며 기마이를 쓴다. 아내는 기가 막힌다고 혀를 찬다. 타고난 년 신랑이 그러하고 나하나 남편이 그러하다. 그러니 남편대신에 아내들이 생활전선에 나설 수밖에 없다보니 자진해서 스스로 유리그릇처럼 깨지게 된다.

여자는 수동적이기 때문에 자기스타일에 딱인 남자가 나타나도 자존심에 마음을 내비치기가 쉽지가 않다. 허나 삼일 굶어 밥 도둑질 않는 사람이 없듯이 카드빚에 시달리거나 집이 경매에 넘어갈 위급한 상황에 닥치면 지푸라기라도 잡는 심정으로 여자의 마음은 흔들리게 된다.

타고난 년 금 사랑이 그 누구에게 아쉬운 소리를 하는 것 보다는 고심 끝에 양코에게 다급한 상황을 말하듯이 나하나 원장도 피부샵이 폐업으로 문 닫을 위기에 처하자 미인계로 양코에게 먼저 꼬리치고 있음을 전박사는 피부로 직감할 수가 있었다.

나 원장은 두 아들의 엄마고 34세 유부녀인데도 밤이 깊어 가는데 일어설 기미가 전혀 없었다. 양코는 그녀의 마음을 훤히 꿰뚫어보지만 여자의 마음은 갈대와 같아 금세변하여 뭐 이런 남자가 있어 하면 날 새는 것이다. 그래서 돌다리도 두드리듯이 짠지 신거운지 간을 보아야 한다.

능한 사내 양코는 넌지시 떠보았다.

"나 원장님 아무리 비즈니스라 해도 남편이 보면 오해하겠네요"하니

"그 남자는 그런 일은 없어요. 단돈 만원을 벌어오지를 못해서 그런지 마누라를 보면 눈을 피해요. 불쌍한

사내라예 초등학생인 두 아들 친구들이 집에 놀러올 때마다 아버지가 있어 너의 아버지는 회사에 안다니시니 하여 집에만 있는 아버지 때문에 친구들에게 창피하다고 해요. 정말 속상해 죽겠어요. 그러니 제가 돈을 벌어야 해요."
친정이 양산인 그녀는 울산대까지 나온 엘리트이지만 얼마나 지겨웠으면 처음 보는 양코에게 남편 험담을 하니 동정심이 들었다. 기울어진 마음을 감지하자
"자리를 옮깁시다."하니 저항 없이 따라나섰다.
간을 보기위해 손을 슬며시 잡으니 얼굴은 빛이 나기에 선비 손일 줄 알았는데 나무꾼 손이였다. 손은 관리가 안 되어 속일 수가 없었고 더욱 피부샵은 손으로 하는 일이라 그런 듯하였다. 그녀도 자신의 처지를 비관하며 다른 사람이 볼 때는 꽃길만 걷는 줄 알고 있다고 하니 자신은 이중적 인간 이라며 자책한다.
어려운 이야기를 들어보니 인천에 고세령 보다는 이치에 밝지 못하다. 두 여자는 판매재능은 있어 나 하나에게도 제품을 판매하여 제품 값을 입금하는 방식으로 밀어주면 알 먹고 꿩 먹는 식으로 되겠다.
불로소득이 되면 양코를 의지하게 되어 그냥은 밀어주지를 않았다.
타고난 년은 남편에게 맞고 살망정 무서워서 이혼도

못하고 사업도 겁이 나서 싫다고 하는 새가슴 이었다. 사업가의 재목은 따로 있어 제2인자로 살아갈 타고난 년일 뿐이다.

며느리가 시부모 눈 밖에 나면 애꿎은 손자 녀석들만 귀여움을 못 받게 되듯이 남편이 보기 싫으니 두 아들도 보기가 싫다며 하소연을 해왔다. 그러니 열심히 매출을 올릴 터이니 부산 센터를 하게 해주이소 하며 매달려 왔다.
일본에 벚꽃식당 쓰미꼬와 여의도에 톱 텔런트는 다른 것은 모두 필요 없고 오빠만 있으면 된다고 하고, 인천에 고세령은 오셔서 책만 읽고 계시면 살림은 모두 다 제가 꾸려나가겠다고 하는데 타고난 년과 나 하나는 정 반대로 경제적인 도움을 바라고 있다.

도산 안 창호선생은 방에 구들장을 놓을 때에는 네모진 돌도 있어야 하고 세모지거나 동그랗거나 작고 큰 돌이 있어야 한다고 하듯이 양코가 격은 사람들도 천층만층 그러하였다. 그래서 오케이하고 승낙을 받은 나 하나는 천군만마를 얻은 듯 기뻐서 어찌할 줄을 몰라 했다.

두 남녀는 의기투합하여 누가 먼저라고 할 것도 없이 동래온천 허심청 이자 농심호텔로 자리를 옮기었다. 그녀는 내 자신이 내로남불(내가하면 로맨스 남이하면 불륜)이 될 줄은 몰랐다고 남편이외는 처음이라면서 어떻게 만나자마자 이렇게 될 수가 있냐며 놀라워하였다.
호텔에 들어서자 목욕탕에는 칫솔에 치약까지 짜놓으며 양치물까지도 수돗물이 아닌 정수기에서 받은 컵이 놓여있었다.
"집에서도 이렇게 하나요? 남편이 부럽네요."하니
"하늘을 봐야 별을 따지요"
"그게 무슨 소리에요?"
"그 남자는 내가 퇴근해 들어오면 게임 방에 가서 있다가 아침에 내가 나오면 그때 들어오는 백수라예"
이야기를 들어보니 타고난 년 남편과 도진개진 이었다.
"그러니 아내를 도둑맞는 것인데도 나는 마누라덕분에 먹고산다고 자랑하고 다니는 어리석은 남자라에 단돈 만원이라도 벌어다주는 것을 보았으면 원이 없겠서예."
복욕탕 안에는 온천수 물이 넘쳐나고 그녀는 물속에

몸을 파묻고 있었다. 양코는 탕 속으로 뻗친 대물을 앞세우고 기어들어갔다. 그녀는 대물을 보고도 외면하지 않고 빤히 쳐다보며
"징그럽지가 않고 귀염둥이 같네요."
"뭐라고요? 보통이 아니네요."

명기는 표현을 잘한다고 하더니 보고 느낀 그대로 표현을 잘한다. 아까 저녁 식사 때부터 옹녀 임을 알아보았다. 여자를 외적으로 알아볼 수 있는 방법은 입술이다. 그래서 여자들은 성형외과에 가서 입술을 뒤집어 깐다.
그녀는 식사를 하는데 윗입술이 뒤집혀 립스틱이 콧등에 묻어 코끝이 빨갛게 되었다. 양코는 백년 근 산삼을 본 듯 속으로는 심봤다 하며 군침을 흘렸다. 일본에 쓰미코 보다 한수 위가 되는 명기일 것이다. 숨은 보석을 발견 하는 것도 성 중진박사 양코만이 알아보는 노하우다.

널찍한 더블침대 눈이 부신 하얀 시트위에 양코의 80kg되는 육중한 몸을 실어 강하게 몰아붙이니 허심청이 떠나가도록 신음소리가 터져 나왔다. 그녀는 예상한대로 여자 중에 여자인 명기였다. 양다리는 하늘

을 향해 뻗혀지고 바다가 갈라지듯이 깎아서 만든 석고상처럼 양쪽으로 쫘악 벌어져 있었다. 그런 자세로 벌을 서듯이 처음부터 끝까지 한결같은 자세로 열두 번 스무 번 아니 지속적으로 더 절정을 느끼더니 눈을 하얗게 뒤집어 까고 혼절하여 복상사로 죽은 줄만 알고는 깜짝 놀랐다.

한참을 게거품을 뿜으니 물! 물! 하며 물을 찾기에 양코가 주전자 물을 입에 물고 그녀의 입속에 넣어주니 깨어나면서 살! 주전자물 때문에 살았어예 한다. 양코는 그렇게 십년감수 시키면 어떻게 해요. 나는 이제 무서워서 안 할래요 말한다. 급속도로 번개진도까지 나간 그녀는

"오빠가 아닌 아빠 정말 저의 신비한 몸을 오늘 처음 알았어요. 이런 일은 처음이에요 여자는 다 똑같고 남자도 같은 줄 알았는데 이게 웬일이에요. 서른 번까지는 오르가즘을 세었는데 그 뒤로는 기절하는 바람에 잊어먹었어요 흐흐. 키도 크더니 그것도 큰가 보네요. 조금만 줄여 주세요. 너무 큰 것은 나는 힘들어요. 여자의 운 중에 제일 좋은 운은 속궁합이 잘 맞는 운이라더니 이게 웬일이에요. 신랑하고는 잘해야 한두 번 느끼는데 남자가 빨라서 그런 걸가요? 그래서 저는 창피한 이야기이지만 씻으러 가서는 자위를 더하곤 해요

흉보시는 건 아니지요! 제대로 임자 만나 매운맛을 보았네요."

"만족해하니 아내가 예쁘면 처갓집에 쇠말뚝 보고도 절한다고 양산에 하나씩 어머니께 절해야 되겠어요."

조물주께서는 왜 여자를 백만 명이면 백만 명을 모두 다르게 백인백색으로 만들까요? 불가사의한 일이다. 그 이유는 아마도 인종을 번식시키기 위함이 아닐까한다. 세상여자가 하나같이 모두 다 같다면 인류는 멸망하였을 지도 모른다.
전쟁으로 죽고 병으로 죽고 사고로 죽기 때문에 인구는 점점 줄어드는데 일부일처제로만 살아왔다면 인구는 턱도 없이 부족하였을 것이다. 혼외출산이나 부적절한 임신으로 생산된 출산율은 세계 인구를 증식시키었다.
사내들이 한눈을 파는 것은 자기 씨를 퍼트리기 위한 본능도 있지만 그보다 더 깊은 의미는 또 다른 쾌락을 맛보기 위함이다. 그래서 아내 외에 또 다른 여자는 어떨까 하고 넘보면서 껄떡대는 유혹으로 이어지는 것은 인지상정이다.

세상에는 꼭 있어야 될 사람, 있으나 마나한 사람, 있어서는 안 될 사람이 있듯이 남녀 간에 생식기도 다양하다. 어떤 대물은 맥주병 만해 맞는 여자가 없어 결혼도 못하고, 성기가 없어 고자라 결혼한 신부가 3일만에 친정으로 도망가기도 한다. 성기가 활처럼 휘어져 구부러진 남자나 아무리 하여도 사정이 안 되는 지루증 환자, 5초 땡으로 문전에 풀칠만 하는 남자가 의외로 많다. 몸 관리가 안 되면 40대 중반부터 발기부전이 오지만 생활습관이 좋으면 80대까지도 성생활을 할 수가 있다.

여자도 음핵이 앞뒤로 두개가 있거나 질이 두 구멍인 여자도 있다. 남자가 잘못알고 다른 구멍에 넣으면 거기 야냐 하며 자기가 손으로 잡아당겨 넣어 주곤 한다. 음순이 개 혓바닥 같이 늘어져 걷어 올려 내야거나 둔덕이 무너졌거나 반대로 바가지 엎어 놓은 듯이 솟아나와 있기도 하다.

국회 구내식당 서빙녀가 나하나 같은 입술을 가진 것을 본 국회의원 이 그녀에게 제의를 했다. 내가 국회의원을 그만둘 터이니 나하고 단둘이 외국에 나가서 살면 안 되겠냐며 사정을 하였다는 일화가 있다.

그런가하면 남자 산부인과의사에게 생활은 어려운데 임신이 자주 되어 낙태 수술을 받으러온 환자가 있었다. 수술하는데 그녀가 얼마나 예민한지 수술 중에도 신음소리를 내며 몸을 뒤틀어대었다. 수술이 다 끝나고 원장실에 들린 그녀에게 매월 월급을 줄 테니 만나줄 수 없겠냐는 제의를 하여 이루어 졌다는 일화도 있다. 타고난 명기는 백만 명당 한명이 태어나며 나하나 같은 여자는 여자 중에 여자다.

남녀 공용인 청춘볼이 불티나게 인기인 것은 인위적 케겔운동으로 명기를 만들어주기 때문이다. 소설가 양코, 일본에 스미꼬, 홍로즈, 도미경, 나하나 원장도 이미 은방울 뒤룽박 케겔운동으로 쪼이는 운동을 수시로 하고 있다고 털어놓았다.
그러나 즐거움을 모르는 경리와 미용지도사원 진미랑은 몰라서 하지 않고 있었다.
명동 빠의 연지리는 청춘볼을 하지 않아서 절정의 오르가즘인 클라이막스를 느끼지 못하는 불감증에 나무토막이었다. 여자가 사랑받길 원한다면 청춘볼로 단련하여 뒤룽박 팔자가 될 수 있다.
여자는 요실금과 성 증진에 남자는 전립선운동과 정력 증진에 도움을 준다. 청춘볼이 없던 시절에는 의사들이 한 결 같이 권하는 게 케겔운동이며 그냥 항문을 쪼이는 것보다는 두루마리 화장지나 방석을 말아서 사타구니에 끼우고 항문을 쪼이며 펴기도 하였다.
한 단계 업그레이드된 청춘볼은 강렬한 바이브레이션이 내장되어있어 쪼일 때마다 부르르 진동이 되므로 지루함이 없고 자동으로 자위행위까지 되어 일석이조의 성 증진 효과가 있다. 때문에 나하나 원장은 부산 센터 하기를 목숨을 걸었던 것이다.

상담 010-2848-4114 오실장
010-8558-4114 개발자

5. 포주왕과 수전노들

 양코는 TV 간접광고부터 신문, 잡지, 자신이 쓰는 소설에 이르기까지 모두다 광고에 기재한다. 지금은 광고전쟁 시대다. 8개 스포츠지에는 돌아가면서 하루도 빠지지 않는 광고 광이다. 신제품은 광고로 알리지 않고는 모르기 때문에 한개도 팔리지가 않는다. 오늘도 하루에 약 80만부를 발행하는 동아일보와 10만부 발행하는 스포츠조선에 기재되었다. 그러니 나하나 이전에 부산에 센터가 없을 리가 없다.

부산에서 어느 날 경상도 사투리를 하는 여자 분이 전화가 와서

"센터를 할 터이니 꼭 좀 내려와 주이소. 내는 움직일 수가 없어 못 올라 갑니데이." 약속 날을 잡아 부산에 가보니 부산 역 건너 초량에 집장 촌에서 50명의 아가씨를 거느리는 포주 왕 이었다. 명함을 건너며 인사를 하니

"박사님이 직접 내려 오신교?"하며 자기소개부터 하였

다.

"보시다시피 아가씨장사를 하니 사람대접은 못 받았지만 아파트는 열채를 사 놨지예. 그래서 아비 없이 키운 버릇없는 아들 녀석이 하나 있는데 사람구실 좀하게 센터를 하여 사람 좀 만들어 주이소. 맨날 집에서 빈둥대며 술이나 먹으러 다니니 억장이 무너집니데이."

"네 그러시군요. 잘 들었습니다. 사업은 돈만 있다고 되는 게 아니고 인생에 시련과 고난을 이겨내는 것이지요. 자기 손으로 돈 한번 벌어보지 못하고 돈만 쓰고 다녔다면 습관을 고치기가 어렵습니다. 기업은 사람이니까요" 하니 "아파트 한 채를 날려도 좋습니다. 사회경험 좀 시켜서 제발 인간이 되게 하여 주이소. 네! 박사님"

탈무드에 돈에는 무슨 짓을 하여서 번 돈 이라고는 쓰여 있지 않다고 하더니 어찌됐던 모진풍파 다 겪어내며 벌어 모은 돈 이었다. 그런데 양코가 보아하니 포주 왕 차여사의 아들 마 돌석이 곶감 빼먹듯이 다 빼먹게 생겼다. 그래서 죽어라고 버는 놈 따로, 놀고먹으며 쓰는 놈 따로 있나보다. 어려서부터 너무나 가난하게 산 사람은 친구를 만나도 아까워서 커피 한잔도 못 사며 얻어만 먹는다. 그렇게 모은 사람의 자식은 자기 부모가 빨리 죽기만을 기다리게 만드는 어리석은 사람들이다. 인색한 사람은 형제끼리도 의가 나고 친구에게도 따돌림을 받게 될 뿐만 아니라 자식까지도 망치게 된다. 차여사의 아들 마 돌석을 보니 염불에는 맘이 없고 잿밥에만 마음이 있었다.

마 돌석을 사람답게 만드는 일은 흑인을 하얀 백인으로 만드는 것보다도 더 어렵다고 판단되었다. 차 여사는 망나니 아들에게

"너는 부산센터를 하기 전에 박사님의 인생처세술(살아온 대로 살아간다)책을 보니 배울 점이 많더구나. 따라가서 많이 배워가지고 오너라. 부산센터를 하면서 직원으로 경리도 두고 사장노릇을 하여 사람답게 좀 살아야 여자도 생겨 결혼할게 아니냐. 맨 날 빈둥대며 술이나 퍼마시고 다니면 병도 들고 사람 꼴도 안 된다." 엄마가 훈계를 해도 한귀로 듣고 한귀로 흘러 버리는 마이동풍 격이었다. 마 돌석의 속셈은 뭐 하러 힘들게 돈을 버느냐는 식이다. 엄마가 포주로 벌어 논 돈만 가지고도 평생을 먹고 살수가 있는데 양코는 건너다보니 절터라고

"차 여사님 어머니 말도 안 듣는데 제 말을 듣겠습니까? 세상에 자기마음대로 안되는 게 자식이라고 하잖

아요. 저는 자신이 없습니다."

"이번 기회가 아니면 결혼도 못하고 있는 망나니 아들인 마 돌석을 사람답게 만들 기회는 더 이상 없을듯하니 전 박사에게 매달렸다.

차 여사는

"아픈데도 없고 돈도 있어 걱정이 없는데 자식 때문에 마음이 편치 않아 그게 불행입니다. 박사님의 인생처세술 명언 책을 읽어보고 마음을 결정하였 습니다."

"아 그러세요? 그렇게 밀어붙이시니 하는데 까지는 하지만 책임은 못 집니다."

"그라믄예 책임까지 지라고 하겠능교 고맙습니다. 사람 됨됨이도 안 되었고 직업도 떳떳치 못하고 색시장사까지 하니 어떤 여자가 시집을 오겠습니까? 제사업이라도 해서 사장소리를 들어도 올까 말까할 판인데 참으로 저 자식 하나있는 게 저러니 늦었지만 이제라도 사람으로 만들어 보는 게 꿈입니다. 맹모삼천지교로 이사 가서 살 수도 없으니 박사님만 믿겠습니다."

홀아비는 지금이야 세탁을 자주하여 이가 없지만 그전에는 이가 세말이나 되고 독신녀는 금이 세말이라는 말이 있다. 여자가 없는 남자는 책임질 일이 없으니 아무렇게 살아가지만 남자가 없는 독신녀는 의지할 남자가 없으니 돈이라도 열심이 벌어 돈이 있다는 말이다.
차 여사는 60대 초반에 거구로 카리스마가 넘치는 엄한 여장부였다. 개같이 벌어서 정승같이 쓰라는 말을 그녀는 색시장사를 하면서 잊어본 적 없이 아파트 열 채나 벌었지만 아들교육만은 실패한 것은 자신의 주위 환경 때문이라며 자책을 하였다.
그래서 도둑놈들은 빈민가에 살기 때문에 형사들은 늘 도둑놈을 잡으러 자주 들렸다. 너의 아버지는 안계시니 초등학생에게 물으며 너는 크면 뭐가 될래? 하니 서슴없이 도둑놈이 될래요. 형사는 기가 막혔다. 뭐라고 보고 배운 게 그것뿐이니 부전자전이다. 어려서부터 교육을 받지 못하면 하등인간으로 살수 밖에는 없다. 화류계들이 사는 지역의 어린이들은 소꿉장난할 때 남녀가 뒤엉켜 섹스 하는 것을 자주 봐 그대로 한다.

창녀촌이 서울 역, 청량리역, 용산 역, 영등포역 앞에만 있는 이유는 열차에 내려서 쉽게 찾고 피 끓는 군인들이 휴가 나오며 많이들 찾기 때문이다. 아가씨들은 껌을 딱딱 씹으며 손님 15분 내로 하면 6만원이고

시간 끌면 더 내야 돼요. 하룻밤은 20만원이에요. 빨리 정해요 손님을 받아야 된단 말이에요. 하더니 아랫도리 치마를 홀렁 내리며 콘돔을 건네주더니 속에는 털실내복에 가운데만 구멍을 뻥 뚫린 채로 빨리하란다. 껌도 뱉지 않는 것은 키스를 못하게 함이며 자신도 정절을 지켜 애인하고만 키스를 한다는 개똥철학이다. 다음은 손가락 장가보내는 것도 안 된단다. 그리고 콘돔도 끼워야하는 룰이 복잡하다. 그러더니 인형과 같이 누어만 있고 신음소리도 없다. 이제 성매매단속으로 문 닫게 되니 그녀들은 생존권을 보장하라며 얼굴을 가리는 마스크를 쓰고 광화문에 나와 데모를 하였다.

세계 어느 나라를 가도 집장촌은 모두 다 있으며 창녀촌에 룰은 공통적이다. 콘돔을 끼워야 하고 키스는 하지 않고 손가락 장가도 못 보내고 생리 시에는 손님을 받지 않는다. 한번은 숏 타임이고 하룻밤을 같이 보내는 것은 롱 타임이다. 그러면서도 중간에 화장실 가는 체 하고는 금새 15분짜리 숏 타임을 번득 하고는 시치미를 뚝 떼고 들어온다. 창녀가 아니더라도 노래방 도우미, 골프캐디, 식당 서빙녀, 보험사 중에는 손님과 거래를 하기도 한다. 그 외 연애는 같은 직장동료끼리가 제일 많게 된다.

맹모삼천지교(孟母三遷之敎)라고 맹자가 어린 시절 공동묘지 옆에 사니 맨 날 보는 게 행여 소리였다. 그러니 친구들과 놀이도 행여 떠나는 놀이로 이제가면 언제 오나 어이 어이하며 구성지게 불러댔다. 어머니는 보다 못해 서당근처로 이사를 하여 아들을 석학으로 만들어 훌륭한 맹자가 되었다. 그래서 차 여사는 마 돌석을 양코에게 보내려 하였다.

차 여사는 아들 마 돌석을 앞에 앉히고 엄하게 말을 하셨다.
"너는 내일부터 박사님 따라 서울에 올라가서 사회공부와 인생 공부를 단단히 하고 내려오너라. 이번이 네가 변할 수 있는 마지막기회다. 이번에도 변하지 않으면 너는 세상에 있으나 마나한 그런 무의미한 인간이 되는 것이다. 알았느냐"
"네 어머님 말씀 명심 하겠습니다."
"그러면 자 이거 받아라. 아파트 한 채 값이다."하며 통장을 건네주면서
"그동안 경비를 쓰고 사업방법까지 다 배우면 박사님

과 계약하고 내려와서 센터를 하거라. 그래야 어엿한 사장이 되는 것이니라. 알겠느냐"

"네 잘 알게 습니다."

어머니가 없으면 아무것도 할 수가 없는 마마보이다.

차 여사는 아들 마 돌석에게

"그러면 너를 믿겠다. 이제 박사님이 시장하실 터이니 모시고가서 저녁식사를 잘 접대해 드려라"

"네 어머님! 박사님 식사하러 가시지요"하며 함께 일어섰다.

차 여사는

"부산에 오셨으니 부산 복 집이나 자갈치시장에 싱싱한 자연산횟집으로 가보이소"하며 진심어린 속내를 내보였다. 그런데 아들 마 돌석은 복 집이나 횟집이 아닌 자기 집에서 얼마 멀지않은 코모도 호텔 룸살롱으로 들어가는 게 아닌가.

"아니 여기는?"하니

"여기서 노시다가 주무시소." 코모도는 성회장과 갔던 해운대 비치호텔과 같은 최고급호텔이었다. 그런데 식당도 아닌 막 바로 룸살롱으로 들어갔다. 룸살롱은 술을 마시기전 속을 달래느라 어느 곳이고 두부김치에 마죽이 나오는 걸로 간단한 식사를 한다.

보통사람 60대들 평균재산은 3억 정도다. 그러나 차 여사는 60대로 집이 열채인 백억 재산가다. 죽을 때까지 넉넉하게 먹고 살수가 있을 만큼의 부자다. 80세까지 살려면 8억만 있어도 되고, 90세까지 살려면 9억만 있어도 된다. 돈을 더 벌려고 외아들에게 사업을 시키려하는 것이 아니다. 차 여사는 백억 재산이 있어도 사람이 하는 일이 없이 무위도식을 하게 되면 짐승과 같아서 안 된다고 생각한다. 지금은 성매매 금지법으로 문을 닫았지만 간통죄나 낙태법이 폐지된 것처럼 기다리면 다시 일할 기회가 올 거라고 믿는다.

차 여사의 도전정신은 살아 숨 쉬고 있다. 언젠가는 성매매금지법도 폐지되면 다시 문을 열겠다고 한다. 놀면 게을러지고 움직임도 덜하여 일찍 늙는다. 책임감과 의욕도 없어져 삶이 무의미하기 때문에 먹고 자고 죽을 날만 기다리는 것이 짐승과 뭐가 다르냐며 반문한다.

산전수전 다 겪어 인생이 경지에 오른 차 여사는 직업에는 귀천이 없다며 비록 아가씨장사를 하지만 시간만 나면 신문, 책을 탐독하는 독서광이다. 그러다보니 정보가 풍부하여 다양한 책을 70권이나 쓴 전 박사의 책을 다 보았던 것이다.

그러니 아파트 한 채인 십 억짜리 통장을 인성을 배우지 못해 철없는 마 돌석에게 주면서 세상을 다시 배워오라고 한 것은 심오한 뜻이 담겨있다. 그동안 자기 집 아가씨들을 대해보고 배우지 못한 것이 어떤지 알고 있었다.
외아들의 독선생을 찾던 차 여사는 다양한 책을 저술한 전 박사를 대해보고 선택한 것이다. 인간은 경험을 통해 익어가고 숙성되기 때문에 올바른 판단을 하게 된다.

20대는 배움에 힘쓰고
30대는 진로를 정하고
40대는 판단이 옳았고
50대는 철드는 나이다
60대는 남의 말을 순하게 듣고
70대가 하는 일은 모두가 옳다

노래방 도우미나 술집 접대부는 인터넷이나 홍보지로 모집하지만 여기 아가씨들은 어떻게 모집하는지 돌석에게 물어보니 주로 시골에서 가출하여 오고 동남아에서 온 여자들이 직업소개소를 통해서 온다고 한다.
"오고 갈 데 없는 이들이 마지막으로 찾아오는 기라요. 선불도 요구하는데 돈을 주면 거의가 도망 가지

예. 옛날하고 많이 달라예. 먹여주고 방주고 그 값 대신에 손님 장사를 해서 벌면 얼마씩 떼어서 갚는 거라요. 사실은 여자가 몸 파는 게 치욕적이지만 술집에 다니는 야들은 밤새도록 매상 올리려고 술을 마셔야 하니 몸 파는 것이 더 편하지예. 자발적으로 찾아 옵니더. 기술도 없고 지능도 낮아 그러니 야들이 몸이 고달픈 게라요."

수만 가지 직업 중에 여자장사는 어려운 장사 같았고 집을 사서 임대업을 하는 것 같았다. 양코가 사용하고 있는 사무실인 백 억짜리 빌딩주인 70대 맹 여사나 60대 차 여사나 외아들을 사랑하는 것은 똑 같았다. 맹 여사는 생선 장사를 해서 안 쓰고 모은 돈으로 40대에 빌딩을 샀다. 20억에 산 것이 30년이 지나 지하철역이 생기자 다섯 배가 뛰어 지금은 백억이 되었다. 맹 여사는 양코 사무실에 손님이 많이 온다고 구시렁거리며 엘리베이터 사용료를 따로내라는 할망구다. 자기이름도 쓰지 못하며 또한 모은 돈을 결혼도 안한 미국에 사는 40대 외아들에게 몽땅 보내준다.
돈 아끼느라 남편은 라면만 먹다가 암으로 일찍 죽었다. 하도 가난하게 살아봐서 아들은 잘살아 보라고 그리하는 것이란다. 그 아들도 마 돌석처럼 졸부2세들이 그러하듯이 마약과 주색잡기로 소일하는 것이 전부다.

그런대도 맹 여사는 돈을 아끼려 점심때마다 자장면으로 끼니를 때우고 아들이 사는 미국도 비행기 값이 아까워서 가지 않으며, 늘 몸빼바지에 맛있는 거 한번 못 먹고 여행 한번 가본 적이 없다.

아들도 미국에 간 이후 십년이 넘도록 한 번도 오지 않고 20여 곳 사무실에서 나오는 월세를 받을 때만 되면 돈 떨어졌다고 전화하는 게 전부다.

그런데 뭐 하러 미국에 가서 살게 하느냐고 하니 징글징글하게 가난하게 살아서 아들만은 하고 싶은 대로 마음껏 잘 살아보라고 그랬다고 한다. 자식망치는 줄도 모르는 어리석은 할망구였다.

또 양코의 친구중 대구에서 섬유공장의 상무로 다니다 포천으로 옮겼던 대머리 남 전무란 친구가 대구 집으로 내려가겠다고 전화가 왔다. 양코는 송별회를 나누자며 포천으로 갔다.

"아니 여기 방사장이 삼고초려(三顧草廬)하였고, 대구 집을 떠나 여기 와서 숙식을 혼자하며 얼마나 고생했는데..." 저녁에 술잔을 나누며 위로하니

"양코 내가 인생을 헛살았네."

"아니 그게 무슨 소린가? 대머리 거지는 없다는데 자네는 머리가 천재 아닌가? 레이스의 1인자인 자네를 대구에까지 가서 방사장이 삼고초려 해온걸   아는데..."

"그때 내가 더 알아보고 왔어야 하는데 뒤통수 맞았네. 내가 개발한 레이스를 커튼이나 속치마 밑에 달아 평화시장, 남대문, 동대문 도매상들이 천만 원씩 사러 왔었지. 그때 불티나게 팔려서 수백억의 섬유공장을 이루었네. 그런데도 손님이 밥값을 내고, 평생에 커피를 사본 적이 없다고 하니 알아볼 조지. 사장님요 그렇게 돈을 아껴서 무엇 할랑교? 하면 나는 거지로 자랐기 때문에 돈을 써 본적이 없고 자식은 고생시키지 않게 아들에게 줄려고 아낀다니 더러워서 자주 다툰다네. 이제는 절이 싫으면 중이 나가야지 절이 나갈 수야 없는 게 아닌가! 내가배운 레이스 기술만 송두리째 빼앗겠네."

남 전무는 한국 전력에 다닐 시절 형사들이 육감으로 범인을 검거하듯이 도둑전기를 몇 억씩 쓰는 공장을 감각적으로 찾아내는 타고난 베테랑으로 표창장을 여러 번 받은 천재였다. 그 당시 섬유공장이 도둑전기로 걸리자 두 배로 대우하겠다고 하여 퇴직하고 섬유업계에 발을 들여놓아 레이스개발에 몰두한 대머리다. 레이스 섬유공장은 대구에 있었고 방사장이 정부지원자금을 받아 공장을 확장을 해 포천에 설립하고 남 전무를 모셔와 성공하였다.

그러나 조기 한 마리를 천장에 매달아놓고는 밥 한번 먹고 조기 한번 쳐다보는 그와 같은 지독한 노랭이다.

방사장이 더 기가 막힌 일은 아들의 등록금이 아깝다고 학교도 안 보내고 나가면 돈 쓴다고 집에만 있게 하고 두문불출 시킨다는 거다. 그런 수전노하고 뭐가 되겠나싶어 그만 두겠다는 것이다.

그런 사람의 아들하고 미국에 가있는 맹 여사 아들하고 부산의 차 여사 아들 마 돌석하고 3명의 오렌지족들의 공통점은 40대가 되도록 결혼도 하지 않고 자기 손으로 돈을 벌어본 적이 없으며 어렵게 사는 사람들을 하시하고 무시하는 갑 질의 특성이 있다. 부모가 돈이 많아 자식을 버려놓게 되는 케이스다. 양코가 그들의 부모들을 잘 알고 있지만 그 중에서는 부산의 차 여사가 그래도 가장 지혜롭고 현명한 여걸이었다.

방 사장은 별명이 빈 봉투로 통한다. 왜 그런가하면 초등학교도 다니지 못하여 친구도 없지만 사업을 하다보니 자재공장이나 판매거래처에서 가끔 청첩장을 받는다. 그러면 가지 않을 수는 없어 마지못해 가는데

축의금이 아까워 속에 돈이 없는 빈 봉투에 이름만 써서 내기 때문에 방사장이라 부르지 않고 빈 봉투라고 별명을 부른다.
방사장과 쌍벽을 이루는 수전노가 또 있다.
대학을 나와 대기업대표를 하다 퇴직한사람의 장남결혼식의 청첩장이 와서 기대를 하고 가보았다. 예식이 시작되어도 식장 안에는 찬물을 끼얹은 듯 썰렁하였다. 형제, 친척, 친구도 보이지가 않았다. 알고 보니 돈 한 푼을 쓸 줄 모르는 수전노였다. 남의 혼사에 가지 않으면 나의 혼사에도 친인척이나 친구가 오지 않는다. 자신이 가지 않았으므로 청첩을 했으나 절대 올 리가 없다. 자기만 아는 수전노다.
수전노의 일화가 있다. 어느 날 보는 눈은 있어 식당 여주인에게 여자 친구를 소개해 달라고 목을 매서 대기업대표라 소개팅을 시켜주었더니 소개팅녀가 기절초풍을 하였다. 두 사람이 호감을 가져 첫 미팅에 잘되어가나 싶었는데 이게 웬일인가! 두 사람이 식사를 끝내고 나가는데 수전노가 식대를 안 내려고 카운터에서 멀리 떨어져 뒷짐만지고 서있으니 어쩔 수없이 여자가 계산을 하였다. 첫 눈에 반하여 소개시켜달라고 해놓고는 식대도 내지 않는 수전노에게 그녀는 쏘아붙였다. 당신 남자 맞아? 언니 뭐 이따위를 소개시켜 아이 재수 없어. 수전노는 얼굴이 벌개 졌다.

예식장에 온 손님이 신랑신부친구와 신부 집 하객뿐인 이유를 이제야 알았다. 인생은 살아온 대로 살아간다. 수전노를 친인척관계로만 지내서 얼굴만 가끔 보았기에 속으로는 대기업대표까지 지내고 있어 훌륭하다고만 생각해오다가 이번 예식장에서 본연의 모습을 알게 되었다. 고향에서 옆집에 살던 영태가 옆자리에 앉아 있기에 물어보았다.
"이게 웬 일인가하면서 남동생들 여동생을 찾아보아도 모두가 보이지가 않으니?"
"양코형님 모르셨어요?"
"수전노는 자기아버지 빼 닮았어요. 그 분이 친구도 하나 없었잖아요. 여기 보세요. 친구로 보이는 사람이 한명도 없어요. 동생들 하고도 남남이 된지 오래들 되었어요. 수전노 저 사람은 자기아내와 자식들밖에는 몰라요. 인성교육이 모자란 저런 사람이 어떻게 대기업에 스카우트가 되었는지 불가사의해요"하며 혀를 찼다. 사람들은 백년을 살기도 힘든데 천년을 살 것처럼 모은다. 돈 한 푼 쓰지 않고 습관처럼 늘 얻어먹기만 하여 따돌림 당하는 어리석은 사람이다.
건물주 맹 여사
직물공장 방 사장
대기업대표 수전노

그리고 또 한 여자가 있다.

박 영순은 이혼 후 일수 돈 2백을 빌려 옥탑 방에 세를 얻어 리모델링하여 1인실을 방 3개로 만들었다. 그런 식으로 20년에 걸쳐 5곳의 건물에 전세를 얻어 벼룩시장에 광고를 내고 소호 창업사무실 임대업을 하자 꽉 차게 임차인들이 들어왔다. 그러는 동안 점심은 5천 원짜리 이상은 먹지를 않고 꽁지머리로 묶고 다니며 미장원에는 가 본적이 없는 50대 여자이다.

박 영순은 이혼 후 목포에서 아들 하나만 데리고 올라와 악착같이 성공하였다. 그런데 본인은 성공하였지만 그 과정이 너무나 지나쳐 평판이 좋지가 않았다.

사무실을 쓰다가 그만 두고 나가는 임차인이 새로 들어오는 사람에게 헌 냉장고를 4만원에 팔기에 쓰고 있었다. 그런데 그 냉장고가 자기 것이라면서 옥신각신하다 임차인고객을 절도죄로 고소하는 인간 됨됨이가 덜된 여자였다.

꽁지머리 박 영순은 사무실 임차인이 고객인데 임대인인 자신이 고객인줄 반대로 잘못 알고 있는 여자다. 임차인이 자기에게 고마워하지 않는다며 걸핏하면 갑질을 하였다. 월세가 며칠 늦는다고 사무실 비밀번호를 바꾸어 못 들어가게 하거나 야간에 주거 침입하여 사무실 집기를 모두 들어내어 고소를 밥 먹듯이 당하였다. 그렇게 악독하게 재산을 모아 5층 빌딩인 자기 명의신축건물을 지었으나 무고를 하거나 주거침입죄가 되어 손해배상 패소판결로 몰리자 손해배상 해야 할 돈이 아까워 모질게 벌어 지은 새 건물 옥상에서 투신자살하고 말았다. 아까워서 맛있는 것 한번 못 먹고 꽁지머리 한번 못 풀더니 50대 중반에 피해보상 몇 천 만원을 변제하기 아까워하더니 우울증으로 남에게 못 할 일만 시키고 자살하였다. 얼마나 안타깝고 어리석은 일인가...억지로 욕심내어 번 돈은 부메랑이 되어 목을 조여 숨을 거두게 한다.

수전노란 돈이 손 안에 들어오면 모을 줄만 알지 쓸 줄을 모르는 것을 말한다. 자린고비, 인색함, 노랭이, 구두쇠를 합친 거와 같은 수전노는 사람노릇을 못한다. 친구들에게 얻어만 먹을 줄 알았지 살 줄 모르는 못난이는 베풀 때는 얼굴을 보이지 않는다.
수전노나 맹 여사도 그렇고 방 사장, 꽁지머리 박 영순도 죽을 때까지 돈한 푼 못 쓰니 모아놓으면 쓰는 놈은 따로 있다.
딸만 다섯 있는 친구도 돈 쓰는 것을 벌벌 떨더니 갑자기 말기 암으로 사망하였다. 장례식장에 온 사람들이 수군거리며 하는 말은 한결같았다. 5백 억 재산을 남의 식구만 좋은 일 시켰네. 그 말은 죽도록 벌어 사위 다섯만 100억씩 물려받아 좋은 일 시켜주고 간다는 말이다. 이럴 줄 알았으면 살아있을 때 건강검진도 받고 베풀고 살았으면 좋은 사람 소리나듣지... 허허 이런 허망한 일이 있단 말인가 참으로 한치 앞을 내다보지 못할 일이네 그려
부산센터는 차 여사, 나 하나 보다 먼저 추사진이 부산서면에 있었다.
인생처세술
1. 내 인생의 나침반
2. 내 인생의 향기
3. 내 인생의 황금물결
책 한 세트 4만5천원에 구매한 추 사진이었다.
그는 책 3권을 읽어보고는 감동을 받았다며 그때부터 전 박사를 존경하며 따랐다. 그 후 명언시리즈 17권이 출간될 때마다 모두 다 보는 콘크리트 독자였다.

그는 의령에서 가난하게 초등학교만 겨우나와 부산 신발공장에 다녔다. 그러다가 고무신장사로 전업하여 30억이나 돈을 벌었다고 하였다. 서면에 2층 사무실까지 계약을 하였다며 센터를 하게 해달라고 하며 부산에 오시면 대접도 하고 싶으니 빨리 뵙고 계약도 하자는

것이었다. 한 번도 본적이 없는 추 사진은 의령에 있는 자기농장에서 수확한 거봉이라며 두 박스나 선물을 보내오기까지 하였다.

어느 날 마일리지가 많이 남아 대한항공으로 거래처인 영광도서도 들릴 겸 부산에 내려갔다. 추 사진영감이 계약하였다는 사무실도 영광도서 옆이었다. 그는 양코가 영광도서부터 들릴 거라는 것을 알고 문 앞에서 기다리고 서있었다. 마침내 양코를 보자 단번에 알아보고 대통령이 오신 것보다 더 반갑다며 포옹까지 하면서 반색을 하였다. 서점에 잠시 들러서 신간 유혹시리즈가 잘 나가나 물어만 보고는 추 사진씨가 계약하였다는 사무실로 올라갔다.

거기에 의령에서 왔다는 사람들이 먼저 와서 기다리고 있었다. 50대 농군같이 보이는 세 사람은 똥마려운 강아지처럼 억지로 끌려온 듯한 표정들이었다. 추영감은 양코에게 소개시키며 앞으로 고향에서 뛸 사람들입니다. 라고 하였다. 전혀 그렇지가 아닌데 왜 그럴까 하고 의구심이 들었다.

계약조건은 본사에서 매일 신문광고가 기재될 때마다 부산센터 콜 번호를 넣어주는 조건이었다. 그때에 40대가 된 듯한 외아들이라는 자가 느닷없이 사무실문을 박차고 들어오더니 의령손님하고 양코가 있는 앞에서 자기아버지를 어린 자식이 일을 저질렀을 때 부모가 꾸중하듯이 소리치고 책상을 패대기치며 대들었다. 그러더니 휙 하고 나가버렸다. 그런대도 영감은 당황하지도 않았다. 아들이 있을 수없는 패륜을 저질렀는데도 나무라지도 못하고 손님들에게 수치스러운 것도 모르는 것 같았다. 으레 자주 있는 것처럼 면역이 된듯 하였다. 의령에서 왔던 초면인 사람들도 망나니자식은 처음 보는 듯하였다. 속으로는 이럴 줄 알았는지 잔뜩 주눅이든 굳은 표정들이더니 슬그머니 일어선다. 추 영감에게 저희들은 내려가렵니다. 하더니 씁쓸한 모습으로 나가버리고 말았다.

그동안 마카나 유황관절도 먹어보고 효과를 보았다고도 하였고 은방울 뒤룽박이나 망원경, 성 제품까지 모두 사용해보고는 제품의 품질이 만족하다며 자신이 먼저 계약하자며 연락 와서 내려온 것인데 버릇없는 망나니자식에게 벼락을 맞은 꼴이 되었다. 그리고는 기왕에 사무실을 얻어놓았으니 소일삼아 인맥으로 사랑방처럼 놀러오는 친구들에게 판매하게 견본조로만 달라는 것이었다. 그러면서 마누라가 암으로 사망하자 외아들부부에게 30억 전 재산과 범일동 자유시장 신발가게까지 다 넘겨주고 아들네서 얹혀살고 있다면서 아들이 돈을 내 놓을 줄 알았다는 허무맹랑한 헛소리만 늘어놓고 있었다.

견본으로 내려온 물건대금은 송금해드리겠다 해놓곤 천만 원은 지금까지도 주지를 않아서 못 받고 있다.
물은 건너봐야 알고 사람은 지내봐야 안다더니 초등학교를 나와 신발공장을 다니다 고무신장사로 자수성가는 한듯하지만 사람노릇을 못하여 알았던 사람을 잃거나 적으로 만드는 그릇이 작은 수전노다.
교활하고 성급하여 세상을 잘못 살거나 나이 값을 못하며 헛 살아온 노인이다.
그 아비에 그 자식이기에 의령에서 왔던 세 사람도 추사진이라는 인간이 마땅찮게 생각되었기에 고구마 먹고 체한 얼굴들을 하고 있었던 것이다.
추사진이 간장종지 그릇밖에 안 된다면 성회장과 중국의 문 회장은 사발대접보다도 더 큰 양푼이처럼 큰 그릇이었다.
그래서 건강이나 사회생활은 살아온 대로 살아가는 것이라고 했다.

부자지간에 계약금 없이 센터를 하려고 짜고 치는 고

스톱이었다면 왜 사무실까지 얻어 사무집기까지 들여 놓았을까? 그리고 견본대금을 안 주는 것도 사무실계 약금 손해본거를 대치하려는 건 아니었던지 지금도 의문이 풀리지 않는다.
어디가 앞이고 어디가 중간인지 알 수가 없는 추노인의 천박한 짓이다.
법적으로 대항하려고해도 전 재산 명의가 아들로 되어 있어 불가항력이었다.

수전노들은 얄팍한 행동에 소탐대실로 큰 것을 잃는 게 많다.
사람은 천차만별(千差萬別)이라더니 지나치게 교활하게 다가오는 사람을 자라보고 놀란 가슴 솥뚜껑보고 놀라듯이 추 사진 같은 자가 가까이 다가오는 것을 경계하여야했다.
잡은 고기에는 먹이를 주지 않듯이 아버지에게서 전 재산을 받았으니 사업자금을 대줄 이유가 없어서인지 부자지간의 쇼인지 도무지 알 수 없는 수수께끼는 언제인가는 풀릴 것이지만 빨리 잊으려한다. 그래야만이 부산센터의 적임자가 나타날 것이다.

세계베스트셀러 1위인 바이블을 읽고도 나쁜 짓을 하

는 목사님도 있듯이 전박사의 인생처세술 명언칼럼 20권을 모두 감명 깊게 읽고도 추 사진처럼 돈 때문에 알았던 사람을 잃는 것은 큰 손실인 것을 모르니 어리석다.
교활하고 엉큼스러운 것은 혈통의 내력이다.
지금도 그때 황당했던 아들 녀석의 행패가 문득문득 떠오르는걸 보면 황당하였던 충격이 너무나 컸던 것 같다.
곡식창고에서만 먹고사는 쥐와 재래식 화장실에서만 먹고사는 쥐와 차원이 다르듯이 추사진부자의 엉큼스런 쇼는 똥간에서만 살아온 쥐였기 때문이다.
추영감이 제아무리 고매한 체 자기인품을 속이려 해도 속일 수 없는 것은 노루배꼽인 사향은 여러 번 종이에 싸도 향내만 나고 비린내 나는 조기새끼 생선을 새끼줄에 엮으면 그 새끼줄은 생선을 다 먹고 버려도 생선 비린내만 나듯이 진실은 속일수가 없는 것이다.

결국 추사진의 꼼수는 계약금 없이 외상으로 받아서 사랑방처럼 차려놓은 사무실에 찾아오는 지인이 있으면 고무신 팔듯이 팔아 입금시키는 위탁방식을 하려고 하는 의도인 것 같았다.
홈쇼핑시대다.

홈쇼핑은 집에 앉아서 주문한 상품을 받고
강의판매는 강사가 수십 명이상의 다수를 모아놓고 강의로 판매하는 고차원식의 마케팅으로 이걸 전혀 모르는 함량미달인 추영감이 감히 넘보고 있었던 것이다.
추 사진은 컴맹으로 카톡도 보지 못하고 할 줄도 모르기에 욕심만 앞서는 추 영감 이었다. 떡줄 놈은 생각도 않는데 김칫국부터 마시는 엉큼스런 추 영감 때문에 하루를 낭비한 양코는 앞으로는 센터 희망자는 본사로 오게하여 본부장이 맞아서 계약을 하게끔 하였다.

양코의 인생경험 중에 가장 야비한 추사진 노인네를 멀리하며 상경하였다.

6. 호스티스와 마돌석

 부산의 차여사와 작별 후 그의 아들 마 돌석과 상경하였다. 우선 사무실과 공장을 견학시켜주고 나자 저녁이 되었다.
"집으로 가서 저녁식사를 합시다."하니
"대표님, 처음이라 사모님도 어려우니 먹고 들어가요"
하기에 식당으로 가는 줄 알았는데 호프집으로 가서 식사는 없이 맥주만 마시더니 대취하여 횡설수설하며 일어서지를 않는다.
가방을 양코가 들고 잡아끌어 일으키며 집으로 들어가니 저녁상이 차려져 있었지만 식사를 하지 않고 방 하나를 내어주며 자리를 깔아주었다.
마 돌석이 아침인데도 아무 기척이 없어 방문을 열어보니 깜짝 놀랐다.
가방까지 들고 없어진 것이었다.
이부자리를 들춰보니 40이 넘은 놈이 오줌을 싸 지도

를 그려놓고 부끄러우니 도망간 것이다.

출근을 하여 마 돌석에게 폰을 하여 어디냐고 하니 월세 방을 얻으려고 모텔로 다닌다는 것이다.
양코도 그게 좋겠다고 생각하여 사무실과 공장 가까운 데로 하라며 일보는 대로 사무실로 오라고 말하고는 폰을 닫았다.
마 돌석은 영등포 밤의 세계인 먹자골목 옆에 수십 개의 모텔이 밀집된 곳에 월세 방 90만원 선불을 주고는 가방을 두고 왔다며 점심때서야 나타났다.
제 멋대로 40년을 살아왔기에 볼품없는 원석이 정교한 장인세공을 하여야 보석으로 되듯 마 돌석도 하루 아침에 사람답게 만들 수는 없는 노릇이었다. 전 박사는 한 달간은 관여 없이 하는 대로 내버려두기로 하였다. 개차반인 마 돌석에게 모친도 머리를 설레설레 내두른 이유를 알만하다.
식당에서 점심을 하러 마주앉으니 머리를 긁적거리며
"나는 예 양주체질이라 양주를 마셔야지 맥주를 마시면... 실례하게 되어 미안합니다." 하며 변명을 늘어놓았다.

직원들에게는 마 돌석을 부산센터 장으로 부르게 하였

다. 그래서 마 센터장 자리도 만들어 책상 하나를 주었다. 직원들이 방문객을 대하는 태도, 전화 받는 방법 등 기본기 교육부터 배우게 하려했다.

그 회사가 어떤가를 알아보려면 첫 번째가 전화 받는 직원의 친절로 부터 알 수가 있고 두 번째가 방문 시에 대하는 것을 보면 그 회사를 엿볼 수가 있기 때문에 마 센터 장에게 보고 느끼고 몸소 체험을 시키었다.

그때 부산서 차여로 부터 폰이 왔다.

"박사님 어제 잘 올라 가셨는교? 우리 집 아는 박사님을 잘 따르등교?"

"더 두고 보아야 알겠지만 기본기부터 시키려고 합니다."

"예 박사님만 믿겠으니 제발 사람 좀 되게 만들어 주이소. 네 그러면 전화를 끊겠습니다. 박사님 바쁜데 들어 가이소"

어제 올라와 오늘이 두 번째 날인데 저녁 6시 퇴근 시간도 되기 전에 없어지더니 전화가 와서

"대표님요 제가 얻어놓은 엘리자베스 모텔 방 옆에 황제 룸살롱에 있으니 그리 좀 와 주이소" 룸살롱은 거

의가 남자들끼리만 가는 곳이다.
여자들은 돈이 있어도 가지를 않는 곳이다. 그리고 접대를 하기위해서 가는 곳이지 혼자서 가는 사람은 거의가 없다. 그런데 서울에는 아는 사람 하나도 없고 양코뿐인데 양코를 접대하려는 것인지 알 수가 없었다.

양코가 오자 마 돌석은
"서울에서 혼자 지내려니 외롭고 쓸쓸해서 그러합니더. 서울에 있는 동안 여기에서 마음에 드는 아를 밤에는 같이 지내려 합니다. 괜찮게 지에?"
"개인 사생활인데 어찌 내가 거기까지 간섭할 수가 있겠소. 남자나이 40이면 아직도 피 끓는 나이인데 그리하시오. 그런데 황제룸살롱은 영등포에서 제일 크고 비싼 곳으로 여의도 국회의원들이 많이 온다는 곳 이예요. 호스티스도 여대를 나온 일류들인데요."하니
"박사님요 야들은 돈 보고 따르는 거라예."
마 돌석은 양주체질에 아가씨 팁에 웨이터 팁에 하루 저녁 화대에 몇 백이 깨질터인데 양코는 걱정이 되었다. 그러다가는 아파트 한 채 값을 가지고 왔지만 주색잡기로 거덜 나서 부산센터 계약도 못하고 내려가야 되는 건 아닌지 싶었다. 마 돌석은 사무실에서는 시무

룩하게 있더니 룸살롱에선 물 만난 고기처럼 제 세상이었다. 부산의 성 회장에 버금가는 객기가 나왔다.
"윤 이예요" 윤 마담이라는 여자가 들어왔다.
"저희가게는 처음이신가 봐요?"
직업은 없고 돈 있으면 한량이고 돈 없이 백수면 건달이다. 돌석은 한량으로 수표 한 장을 팁으로 건너주면서 알아서 기라는 식이다.
"나폴레옹 꼬냑에 치즈안주를 가져오라예"
윤 마담은
"아가씨들은요?"하니 돌석은
"부산서 출장 나와 오래있을 거니 단골이 되려면 아를 골라서해! 무슨 말인 둥 알아듣지 예?"
한 가지 일에 3년만 하면 달인이 되듯이 마 돌석은 룸살롱만 드나들어서 마담을 다루는 솜씨도 경지에 이르렀다. 미스코리아보다 더 늘씬하고 예쁜 젊은 처자와 하얀 피부의 러시아여자가 멤버언니를 뒤따라 들어와 돌석과 양코 옆에 각각 앉자 멤버언니에게도 수표 한 장을 또 건넨다. 이어서 웨이터가 양주와 치즈안주를 넓은 쟁반에 받쳐서 들여오자 돌석은 어김없이 또 수표 한 장을 건네니 아가씨들이 눈이 휘둥그래해 진다. VIP로 대하며 팁으로만 먹고살며 애인을 삼아서 돈을 버는 직업 이다보니 갖은 애교를 떨 수밖에 없었다.

아가씨들은 십년지기나 된 듯 대번에 "오빠"하면서 갖은 애교와 아양을 다 떨었다. 부산해운대비치호텔 룸살롱 초량의 코모도호텔 룸살롱이 그러하였듯이 영등포의 황제도 탄력 있는 풍만한 아가씨들이 거의가 알몸이었다.

가슴이 푹 파진 블라우스에 젖가슴가리개도 없는 풍만한 유방을 보니 군침이 자신도 모르게 꿀꺽 목구멍으로 넘어가는 소리가 들렸다. 거기에 아랫도리는 모두 다 실종되어 미니 치마 속 노팬티는 사내들의 마음을 흔들어 놓기에 충분하였다. 고객이 왕이라는 말은 여기서보다 더 실감나는 일은 없을듯하다. VIP사내들이 마음대로 희롱을 하게하는 유혹이다. 그러니 한량들은 돈을 뿌리며 밤의 황제로 마음껏 누리려고 하는 것이다. 룸살롱에서까지 촌스럽게 사업이야기는 없었고 거의가 주색잡기 비릿한 음담패설들로 시간을 보내거나 밴드를 불러 노래와 춤으로 하루저녁을 보낸다.

돌석이 옆에 앉은 파트너가 마음에 드는지

"이름은? 오빠가 이름이 알고 싶어." 하니 간드러지게 웃으며

"진이예요! 기억해주세요"한다. 진이처럼 깨물어 먹어도 비린내가 나지 않을 듯한 싱싱함에 빠지면 결혼은

않고 노총각으로만 지내려고 한다.
진이는 누가 봐도 예쁘고 술집에서 웃음을 팔고 있기에는 너무나 아까웠다. 비싼 양주도 잘 마시기 때문에 주인은 매출도 많이 올려주고 단골손님도 많이 보유한 진이를 숨은 보석처럼 여겼다.
양코는 돌석에게 귓속말로
"비싸겠어요." 그 말은 연애하는 화대가 고가 일듯하다는 말이었다. 돌석은 그 방면에 능통하여 대번에 주판을 두드리듯이
"두 장은 달라고 할 거라예."
"두 장이라면 2백?" 하니
"아뇨 한 달에 2천요. 다른 남자와 외박 않는 조건으로요."

강남 버닝썬 만수르세트 1억짜리 메뉴가 열 번이면 10억이다.
돌석은 아파트 한 채 값을 가지고와선 하는 일없으니 돈을 물 쓰듯 하는 일만 하고 있었다. 한 달간 연애만 하는데 2천만 원도 아까워하지 않는듯하니 세상은 요 지경이다. 그 돈은 부산에서 여자들이 몸을 팔아서 벌어들인 돈인데 서울에 와선 여자의 몸을 사는데 쓰고 있으니 아이러니한일 일일 수밖에

돌석의 어머니도 남자의 생리를 잘 알고 있어 미혼인 아들이 여자를 가까이하는 것에 대해서는 눈감아주고 있으니 노름과 마약에 손을 안 댄 것만이라도 다행이라 생각하는 눈치였다.
여자와 술은 지금까지 습관이 되어왔기에 끊기가 어려우니 다른 짓만 하지 않고 사업을 배워 포주아들이라는 소리를 씻기 위한 자구책마련으로 서울로 유학을 보낸 것이었다. 그런데 돈을 너무 많이 주어 아들을 더 버려놓게 생겼다.

마 돌석은 돈이 많으니 진이에게 미쳐서 황제룸살롱에 매일 밤 출근하였다.
방 얻어놓은 숙소에 들어가서 책이나 보다가 진이가 오면 한번 안아주는 게 좋을 터인데 못 믿어 워서 그런지 진이와 술을 마시다가 밤늦게 같이 숙소로 들어가곤 하였다. 세월과 술에는 이기는 장사가 없다는데 건강을 해칠까봐 걱정이었다. 사람이 되라고 서울에 보냈더니 병 들어왔다고 원망을 들을 것만 같아 양코도 혼자 룸살롱에 가는 것이 볼썽사나워 몇 번을 숙소에 찾아가 보았다. 이제는 아침에 양치질을 할 때면 꽤객거리는 욕지기가 나와 간이 나빠진 것 같아 돌석을 말리기 시작하였다.

그러나 마 돌석에게는 이미 엎질러진 물로 말로는 들을 일도 만무하였다.
돈 잃고 건강 잃고 어리석은 짓이지만 거기까지 알지를 못하니 답답하였다.
3개월 만에 도저히 안 되겠기에 차 여사에게
서울에 더 이상 있을 필요가 없으니 불러 내려서 부산에 있게 하세요. 하고 전화를 하였다.
물에 빠진 사람 구하려다 같이 빠져 죽는 꼴이 될 수가 있기 때문이다. 차 여사는 1년은 서울에 있을거라 생각하였는데
"왜 그렁교?"하며 놀래서 되물어왔다.
"사람은 건강이 첫째인데 매식을 하는 것도 그러하고 식사를 자주 거르니 건강이 걱정이 되어 그러하였습니다."하니
"우리 돌석이가 술을 너무나 많이 먹능교? 갸는 술을 마시면 밥을 안 먹습니더"
"그러니 더 걱정이 됩니다."
"박사님 돌석이는 어미인 내가 잘 아는데 돈이 떨어지기 전에는 집에 내려오지 않습니다. 일 년 쓰고도 남을 돈을 주었으니 더 좀 데리고 있어 주이소."
"그게 문제입니다 왜 그리도 돈을 많이 주셨어요."
"어미로서는 객지에 가서 오래 지내는데 염려도 되고

박사님께 신세지지 말고 대접도 해 드리라고 그리 일러 주었습니다."
'아 그래서 돌석이 양코를 룸살롱에 접대로 끌어들여 옆에는 파트너로 백계 러시아여자를 연일 앉혀주었구나'
"그러면 차 여사님이 식사를 꼭 챙겨먹게 전화를 하여 주십시오."

양코는 얼마를 거르다가 황제 룸살롱에 가니 러시아 노란 눈의 나타샤가 제일 반갑게 반기였다. 친구와 한국 온지 2년이고 여기에 들어 온지는 6개월이 되었다. 한국말이 어색하지만 대화에는 무리가 없었다. 오빠를 워빠 라고 발음이 러시아어가 섞였지만 알아들을 수는 있었다.
마 돌석은 나타샤보고 대표님께 조갑지술 즉 용궁 주 한잔 드리라고 한다. 나타샤는
"오빠 그래도 돼?"
"어 그래"
나타샤의 옷차림은 블라우스와 초미니 스커트뿐 입은 게 없었다. 그러더니 금새 피둥피둥한 백 돼지 같은 하얀 피부를 송두리 채 드러내었다. 처음 보는 러시아인에 백색 인종이었다.

너무나 희고 눈이 부신 풍만한 가슴골을 타고 내려온 양주는 배꼽을 지나 둔덕에 단풍잎이든 노란 숲속을 빠져나와 옹달샘 입구에 대고 있던 양주잔이 넘쳐나자 양코의 입에 갖다 대면서 "워빠 마셔봐" 하니 난감하여 테이블에 받아서 놓았다. 용궁 주 양주잔은 노란 털까지 빠져있었다.

테이블 위에 놓자 마 돌석은 유쾌한 듯이 수표 한 장을 꺼내어 나타샤에게 팁으로 건네주었다. 한번 벗고 십만 원을 받은 것이다. 그렇게라도 돈을 벌려고 머나먼 한국까지 와서 몸을 파는 외국여성은 날로 늘어나고 있다.

나타샤는 자신의 임무를 잘해 냈다는 듯이 양코 옆에 와서 팔뚝을 껴안으며 "오빠 나 어땠어?" 그 말은 몸매가 섹시 하였냐고 묻는 말이었다. 최고였다고 엄지손가락을 치켜들자

"정말이요?" 하며 칭찬에 입이 귀에 걸려

"그러면 이제 연애하는 거예요? 오빠" 하며 입을 맞추고 키스하러 대들었다.

마 돌석이 내가 안 오는 동안 나타샤에게 가르쳐 놓은 것 같다. 네가 마음에 안 들어 안 오시니 오시면 마음에 들어 단골이 되게 박사님을 녹여주라는 지시에 따른 듯 돌석을 쳐다보았다. 영등포의 밤은 그야말로 밤

에 황제다.

콜라텍은 입장료가 천원으로 천여 명의 꼰대들만의 세계이다. 할범 할매들이 뒤엉켜 춤추는 명소가 뜨고 노래방에는 도우미가 즉석에서 벗어 연애를 하고 과부촌에는 30여 명이 술시중을 들어주며 말벗에 파트너가 되어준다.

카바레에 가면 쭉쭉 빵빵 마음에 드는 여자를 부킹시켜 주기도하고 스탠드바에는 밴드에 맞춰 나체로 춤을 추는 무희가 있고, 황제 룸살롱처럼 초특급 20대 여성만 만날 수 있는 최고급 술집까지 없는 게 없는 밤의 세계가 도사리고 있다. 영등포의 밤은 마 돌석 같은 한량들이 물을 만난 고기처럼 되는 곳이다.

부산에서는 둘째가라면 서러워할 안 가본 곳이 없는 마 돌석도 혀를 내둘렀다.

"영등포가 이렇게 놀기 좋은 곳이 다양하게 많은 곳인줄은 몰랐서예." 놀기 좋다는 그 말은 술과 여자가 넘쳐난다는 뜻이다. 연예인이 나와 노래와 춤만 추는 극장식 홀은 카바레와 함께 사향길이고 물이 제일 좋은곳인 나이트클럽으로 몰려들고 있다.

영등포역 건너 뒷골목에는 집장 촌이 쭉 나열해 있고

길거리에는 반나체 사진의 명함들이 뿌려져있다. 성매매할 돈으로 차라리 최급요리인 20만 원짜리 상어지느러미 샥스핀을 먹는 게 나을 듯싶다. 기력보충에 좋은 음식이니 식사로 하는 것이 훨씬 영양가가 있는데도 라면을 먹을망정 성매매를 한다.

조선시대에 요정이던 것이 지금은 룸살롱으로 바뀌었다. 최고 유명한 삼청각 같은 한정식 요릿집은 거의가 사라지고 그때에 기생이 지금에는 술집에서 손님을 접대하는 접대부로 호스티스 같은 직업여성을 말한다.

요정에는 청주인 정종이나 법주인데 룸살롱은 양주나 맥주가 주류로 따른다. 남자손님 한명에 기생이나 호스티스는 한명씩 따라붙어 옆에 앉아서 술시중을 들으며 2차로 잠자리까지 같이 나가니 영등포의 밤은 여인천국이다.

태국마사지 퇴폐이발소까지 없는 게 없다. 섹스세계는 전국적으로 연간 3조원이라는 통계가 있지만 그보다는 더욱 많을 거라고 생각된다. 비즈니스 접대를 받을 때 화대인 성 접대비까지 모든 봉사료에 포함된다. 팁은 접대를 하는 쪽에서 모든 비용에 일체를 부담한다. 사업가의 성 접대도 정치인의 성 접대도 자신에 이득을 보기위한 것이다. 정치인이 댓가성으로 성 접대를 받으면 뇌물죄가 성립되지만 사업가는 큰 그림을 그리기위한 비즈니스 접대다.
얻어만 먹던 권력은 현직인 자리에서 물러나게 되면 외면당하게 된다. 그 외에는 마 돌석같이 오렌지 족들이 할일이 없으니 고급술집을 다니며 돈으로 여자를 사기위하여 희희낙락한다.

매일저녁 술만 마시러 다니는 마 돌석을 김포 양촌 공장으로 내려 보내니 양코공장의 공장장인 변 칠석과 죽이 맞았다. 마 돌석은 돈으로 여자를 희롱한다면 변 칠석은 빨강완장에 권력으로 여자 공순이들만 농락하였다.
마 돌석은 룸살롱에서 어느 누구에게나 반말이었다. 마담 맴버, 웨이터, 호스티스 심지어 밴드들 위에 군림하는 왕자와 같았다. 반면에 변 칠석이란 잡것은 순자가 아이를 배서 못 떼고 출산을 하자 겨우 쌀 한말을 어깨에 메고 찾아와서 내밀어 넣고는 돌아갔다.
돌석은 노총각 이고 칠석은 50대 이혼남이다. 노는 물이 하늘과 땅차이로 달랐다. 순자는 딸 하나가 있는 40대 미망인으로 자신의 팔자를 원망하며 아이까지 낳았어도 칠석은 책임지지 않고 자기욕심만 채우고는 또 다른 공순이를 넘보고 있다는 소문이 공장 내에 파다하였다.

공장장 변 칠석은 여자라면 다 갖고 있으니 있는 줄 알고 달라는데 그것도 한 번도 아니고 열 번이나 순자에게 보채었다. 열 번 찍어 안 넘어가는 나무 없어 한 번만 하고 주었더니 그 맛이 얼마나 옹골차던지 뼈까지 흐물흐물 하였단다.
한번 사정을 봐준 게 성씨가 또 다른 아이를 갖게 되었다. 이놈의 썩을 놈이 중이 고기 맛을 보면 빈대도 안 남는다고 그 잡것이 매일 요구해와 한번이나 백번이나 마찬가지라기에 또 주었던 것이 화근이 되었으니 '이를 우짠다냐 폭폭 할 일이 아닌가 싶소.' 순자는 하늘이 무너져 내렸다.
여자가 혼자되어 있으면 남정네들은 호시탐탐 끈질기게 넘보고 있다. 여자 공순이들만 70여명 되는 양코의 공장에 팔뚝에 빨간 완장을 두른 변 칠석은 자기 말을 안 들으면 불이익을 주겠다고 으름장을 놓으니 순하디순한 순자도 성 뇌물로 한번 봐준 것이었다.

마 돌석은 부산에서 여러 번 맞선을 보았지만 번번이 여자로부터 퇴짜를 맞았다. 그 이유는 첫인상부터 호감이 안 가는 인상이다. 두 번째가 언상인데 혀가 짧고 말을 더듬어 말이 빠르다. 세 번째는 심상인데 속에 들어있는 마음이 드러나기 때문이다.

여자의 인격을 하시하는 게 대화를 하는 말속에 담겨 있기 때문에 좋아할 여자가 없었다. 그 보다도 마 돌석은 수없이 연애를 하였으면서도 한 번도 임신을 하였다는 소리를 들어본 적이 없어 병원에 가보았다. 검사결과
"독한 술을 많이 드셨나요?"여의사가 그것부터 물어본다.
"네 ~ 매일저녁 40도가 넘는 양주를 마시지요"하니
"아 ~ 그렇군요. 그러니 정자가 모두 다 죽어 무 정자증이예요. 앞으로는 단주를 하세요." 하는 것이다. 그런데도 충격도 없이 무감각하게 남의 일 인양
"결혼을 안 하면 되니 상관 없어예." 한심하기 짝이 없다.

소박맞다. 란? 남편이 아내를 아내로 생각하지를 않고 내 쫓는 것을 일컫는다. 남편이 아내를 박대하거나 미워하는 것은 낭비가 심하여 살림이 궁핍해지고, 성질머리가 나쁘고 게을러서 아무렇게나 살아가며, 무능하면 아내로서의 자격이 없기 때문에 소박을 맞는다.
그런대도 소박을 맞지 않았다면 어진 남편을 만났기 때문이다.
살림도 못하고 게으르며 무능하면서 성질머리가 나쁘

다면 남편의 미래를 망치는 결과가 온다.
조선시대에는 아내에게 박대하며 소박 놓는 외소박만 있었다.
근자에 와서는 반대로 아내가 남편을 내쫓는 내소박이 만연하고 있다. 집에서 은둔생활만하며 무능한 남편, 술 담배가 지나쳐 마 돌석 같은 무정자증남편, 술에 취하면 아내에게 폭력을 휘두르는 남편, 성기능이 무능력한 남편은 내소박을 맞는 시대다.

여자의 생체리듬은 7년 주기로 오기 때문에 7세 때에 여성의 몸으로 변화 하면서 14세에 생리를 하게 되고, 21세에 발육이 끝나면서 49세 갱년기가 와 생리가 끝나면서 여자의 의무를 다한다.
남자는 7~8십대까지도 여자를 탐하며 임신을 시킬 수 있는 능력이 가능하다. 그러나 오감에 느낌이 둔화 되듯이 생식기도 작아지고 사정 량도 줄면서 쾌감마저 강력하지 못하다. 그것만으로도 다행으로 여기는 남자는 그동안 몸 관리를 잘해왔기 때문이다. 나쁜 습관과 섭생을 잘못 해왔다면 발기부전으로 그 후의 인생은 어쩔 수없이 덤으로 살게 된다.

여자의 폐경기 전에 남자의 갱년기는 40대 중반이 되

면 사내구실을 못하는 발기부전으로 온다. 성 기능장애 중에 발기부전은 담배, 술, 나이는 사약이다. 성인병은 혈관이 수축되어 발기부전에 고혈압 약 당뇨약도 원인이 있지만 젊은 시절에 생활습관이 무절재하게 아무렇게 살아온 것이 제일 원인이 된다.

딱한 남정네들을 위하여 죽을 때까지 청춘이 보장되는 남성수술을 제일 저렴한 가격으로 믿을 수 있는 30년 경력의 비뇨기과 전문의에게 추천한다.

문의 010-8558-4114

경력이 없는 곳이나 속이는 곳에서는 재료를 미국 산이 아닌 저렴한 재고품으로 하고 부작용으로 활처럼 구부러지거나 성기가 줄어든다. 후회가 되어 불만사항을 토로하기도 한다. 중요한 부위니 만큼 신중하여야 한다.

80세가 넘자 사업을 정리하고 공기 좋은 자연으로 들어가서 세월만 낚던 콘크리트 독자인 황 영감님에게서 콜이 왔다.

"아이고 어쩐 일이세요?"하니

"전 박사 오랜만이네. 그런데 물 좋고 공기는 좋은데 재미가 없네."

"그게 무슨 말씀이세요? 황 회장님은 돈도 많으시고 비서하던 옥반지도 데리고 사시는 거로 아는데 그보다 더 즐거운 일이 어디 있으세요?"

"그러기는 헌디... 그게 이제는 비아그라를 두개나 세 알을 먹어도 끄덕도 안하니 미칠 지경이네"

"약은 내성이 생겨 신장에 독만 되지요. 그러면 마지막으로 영구적인 수술을 하세요."하니

"그래서 전화를 하였네. 어디가 좋은지를 몰라서 알려 좀 주시게"

"아 그러세요! 그러면 믿을 수 있고, 제 이야기만 하면 금액도 저렴하게 해주시고 잘 해주실 터이니 그리로 가보세요 알았네. 고맙네."

두 달 만에 황 회장으로부터 또 전화가 왔다.

"어찌 되셨습니까?"양코가 성급하게 먼저 물어봤다.

"전박에게 고마워서 밥 한번 먹자고 전화를 하였네."

"밥은 나중에 하고 우선 어떠신지 궁금합니다."하니

"아따 여자 하나로는 안 되겠네. 허허허 한마디로 젊은 놈들 보고 까불지 말고 저리가라 하게"

"네 그렇게나 성능이 좋아요?"

"좋은 게 뭔가 애인인 옥반지가 눈물을 다 흘리던 걸. 이제는 청년에게 새로 시집온 기분이라니. 왜 내가 전 박사에게 진즉이 전화하지 않았는지 후회가 되네. 정말 고맙네. 수술한 대물도 구경시켜줄 터이니 시간 좀 내시게" "네 알겠습니다."

약속한 식당에서 만나 화장실에 둘이 들어가 황 회장의 빳빳한 쇠말뚝 같은 대물을 드려다 보니 옥반지가 감격할 만도 하였다.
황 회장은 최고급으로 식사를 시키며
"사람은 역시 큰사람을 만나야 하나라도 더 안다니까"
그러니
"제2의 인생도 새로 사는 기분이라네."
"황 회장님 그러면 시간도 마음대로인데 사정을 해도 그대로면 고령에 너무나 무리 하는 게 아니에요?"
"의사도 매일 할 수가 있다고 무리하면 복상사를 일으키니 조심 하라고 당부 하던걸 이제는 아내가 싱글벙글 방끗방끗 웃으니 내가 세상을 다 얻은 것 같네 그려. 병원에 전 박사 이야기를 하니 가격도 반값으로 내려주어서 얼마나 고마운지 모르겠어. 속으로는 벙어리 냉가슴으로 알듯 젊은 애인이 바람 날까봐 전전긍

궁 하였네. 이제는 그런 염려는 없으니 마음고생을 덜 은 것만으로도 본전은 뽑았네. 이제는 전박사가 지은 새 책이 나오면 다 보내 주시게"

나이 들어 돈만 있고 건강하다고 행복한 것은 아니다. 요즘은 못 먹어 굶는 사람은 없다. 그러므로 늘 마음은 있으면서도 못하는 것을 섹스까지 즐기며 사는 사람이 세상을 가장 후회 없이 잘 살은 사람이다.
섹스는 육체의 언어이다. 서로가 육체로 느끼고 체감으로 느끼는 감정은 이 세상에서 가장 가까운 사람이 되고 짜릿한 흥분과 쾌락은 정신적 육체적으로 발전되어 병원을 덜 찾게 된다.
앞으로 2~30년 남은 인생에 70~80세대들의 가장 보람 있는 일은 불과 몇 백만 원으로 해결되는 남성수술이 가장 현명한 방법이다. 82세의 홍 회장처럼 어느 누구도 두렵지 않고 청년보고도 까불지 말고 저리 가라는 자신감이 모든 이들의 부러움이다.

마 돌석은 영등포 숙소에서 김포 양촌까지 40Km 출퇴근도 하고 공휴일 날은 진이를 데리고 야외에도 다닌다고 렌트카를 알아보더니 매월 백만 원짜리 BMW 승용차를 렌트해 와서 몰고 다녔다.

때로는 변 칠석을 태우고 나와 황제 룸살롱에서 술 접대를 받고 나더니 칠석은 돌석을 황제 대하듯 하면서 여공들에게 난생 처음 룸살롱 가서 접대 받아본 감격을 입이 마르게 자랑을 늘어놓았다.
역시 사람을 움직이는 데 돈의 위력은 귀신도 부리듯이 대단하다. 이야기를 듣고는 여공들도 마 돌석을 부산 센터장님 이라며 깍듯이 대우를 해주었지만 돌석의 눈에는 화장도 안하고 부스스하게 추리한 치마에 여공들의 모습은 눈에 들어오지가 않았다.

밀폐진공용기 공장에 출근하여 하루를 보내기가 무료하니 마 돌석도 마음이 움직여 포장 공들이 하는 일을 거들며 박스포장을 스스로 하기 시작하였다. 자기 돈을 쓰면서 인생 공부를 하는 중이라 점심만 공장에서 공동으로 줄을 서서 배식도 받아먹고 나름대로 공동생활을 적응해 나가고 있었다.

6개월이 되어가자 새해 신정 설이 돌아왔지만 부산에 내려갈 생각은 않고 진이와 충주 수안보온천에 간다며 대표님도 같이 가서 연휴를 보내자고 한다. 둘이 가서 즐겁게 지내라고 사양을 하니 진이가
"박사님! 나타샤는 별루이신 것 같아서 강남에 있는

제 친구를 같이 가기로 했어요. 인사시켜 드릴게 같이 가세요. 저보다도 더 예뻐요"

양코는 진이보다 더 예쁘다는데 마음이 흔들렸다. 명절 떡국을 집에서 돌석과 같이 먹고 돌석의 차로만 가기로 하였다. 집에서의 의심도 피할 수가 있었다.

영등포에서 강남에 도착하니 첫눈에 반하게 빛이 나는 20대 후반에 아가씨가 길가에서 기다리고 있었다. 진이가 창문을 열면서

"해령아 부르며 뒤로 빨리타"하여 양코가 재빨리 나가 문을 열어주니 해령은 처음 보는 양코에게 낯도 가리지 않았다.

"안녕 반가워요"하며 활짝 웃는데 하얀 이가 더욱 돋보이는 것이 정말 예쁘다. 양코는 너무 감동받아

"무엇 하는 분인데 이렇게도 예뻐요"하니

"감사합니다. 해령이라고 불러주세요."

말투로 보아서는 진이와 같은 직업여성 같은데 세련되고 여유가 있어 보였다. 진이에게 미리 정보를 들어놓을걸 아쉬웠다. 그녀에게서 페르몬 향수의 향이 은은하게 코끝을 자극하였다. 최고급 명품가방에 최고의 미모까지 예사롭지가 않았다. 그때 진이가

"빠빠에게는 이야기 하였니?"하니

"진이와 둘이 여행 다녀온다고 했어"하며 웃는다.

양코는 궁금하던 차에

"빠빠가 누구에요? 아빠세요?"하니 진이가

"크크 바로 맞아요. 그분은 10대 대그룹 재벌 회장님 이세요."

"아니 그러면 회장님 따님이세요?"하니 두 여인이 웃으며

"아뇨"

"그러면요?"

"스폰서 아빠에요"

"아...네에"

그렇다면 그룹 대재벌 회장님의 애인이라는 뜻인데 이렇게 다른 남자를 만나서 밀월여행을 가고 있는 것이다. 양코는 깜짝 놀랐다. 재벌회장의 애인을 뜻 하지 않게 언감생심 넘보게 되었다. 왜 해령은 국내 10대 재벌 회장님의 스폰서를 배신하는 것일까? 80대가 되는 회장님의 손녀뻘이 되니 밥만 먹고는 못살기에 그런 듯싶었다. 진이가 해령에게 양코이야기를 하니 소개팅을 졸라댔던 것이다.

미스 롯데도 40세 많은 그룹회장과 연인사이가 되어 일조원의 재산이 있다하더니 애인 따로, 연애 따로인 사이가 많았다.

남자나 여자나 소개팅 말이 나오면 제일먼저 묻는 말이 있다. 진이나 해령도 같았다.

1. 몇 살이니
2. 잘생겼니
3. 예쁘니
4. 직업은
5. 학력은
6. 성격은
7. 고향은

양코의 신상정보를 마 돌석에게 들은 진이는 해령에게 그대로 전하니 그때부터 소개 해달라고 매달려서 오늘에서야 그 뜻을 이루어지게 되었다.

해령은 양코를 보자 서로가 눈에 불꽃이 튀었다. 진이야 내가 쏠테니 인터넷으로 충주에 맛집 좀 찾아봐. 유명한 집은 예약을 하지 않으면 자리가 없으니 점심도 예약을 해야 될 것 같다.

진이는 해령에게

"너 점심 하나로 때우려고 그러니? 작가님에게 잘못

보이면 1회용이라는 거 명심해라 알았니? 하하" 자유분방한 젊음이 좋았다.

"염려마라 계집애야 헷갈리지 말고 안내나 잘해라"

"탄금대 옆에 민물고기 매운탕이 어떠니? 여자들은 예쁜 얼굴과는 다르게 아귀찜, 낙지볶음과 같은 얼큰하기도 하고 거기에 붕어찜까지 하면 좋을 거야." 진이는 돌석에게

"자기야 어때? 그런 거 좋아해?"하니

"나는 개안타 박사님께나 물어봐라" 해령이

"박사님 어떠세요?"

"아 좋지요 최고에요"

7. 청춘은 겁이 없다.

　양코는 탄금대라는 말에 꿈을 꾸듯 옛 생각이 났다. 충주에 잠시 글을 쓰러 내려왔던 시절에 아모레화장품 미용지도사원을 하던 노랑색 개나리 칼라 옷을 입고 가방을 들고 다니던 진미랑 이란 아가씨 생각이 떠올랐다.

　어느 비 오는 날 미랑이 노랑 롱코트를 입고 한손에 화장품 가방을 한손에는 우산을 들고 가고 있었다. 양코는 갑자기 내리는 소낙비에 지나가던 미랑의 우산 속으로 뛰어들며
"같이 좀 씁시다."하며 말을 했다. 미랑은 힐끔 양코를 쳐다보더니
"네 바짝 오세요. 비 맞잖아요." 뜻밖에 호의에 가슴이 뛰었다.
"고맙습니다. 언제한번 차 한 잔 대접하고 싶네요."하

니

"감사합니다." 하며 미소를 지었다.

그렇게 헤어진 후 그날의 설렘이 자꾸 생각이 났다.

충주시내는 작은 소도시로 한번 알았던 사람을 길거리에서 자주 마주치기도 한다. 늘 그녀의 모습을 떠올리며 가슴앓이를 할 때 쯤 마침 미랑이와 마주치게 되었다.

"차 한 잔 하시죠."

"네"하면서 졸래졸래 따라 온다.

작업의 정석이었다. 연애에 능한 양코가 차보다는 탄금대에 가서 식사나 하자면서 유혹 하는데도 미랑은 뿌리치지 않는다.

당시에 처녀들의 선망의 직업은 여선생님, 은행원, 항공사 스튜어디스, 화장품 미용사원, 고속버스 안내원으로 고졸이상 이어야하며 첫째가 미모였다. 미랑은 모델같이 키가 크고 날씬하며 아름다워 사내라면 눈길 한번 씩은 주는 튀는 인물이었다.

양코는 미랑이 뿌리치지 않고 호감을 보이자 용기를 내어 탄금대를 시작으로 충주호를 데이트한 후 다음날은 연휴로 영월에 있는 동강을 건너 고시 동굴을 다녀

김삿갓을 보고 단종애사의 애환이 담긴 청령포를 돌아 나오니 저녁이었다. 미랑은 노을이 저물어 가는데도 충주로 돌아갈 것을 재촉하지 않았다. 양코는 기회를 놓치지 않으려고 저녁식사 후 노근함이 몰려와 영월의 호텔 문을 밀치고 들어가는데도 미랑은 저항 없이 룸까지 따라 들어왔다.

하루 동안 미랑에게 들은 이야기만 해도 소설한권 불량이 넘을 만큼 쇼킹한 일들이 넘쳐흘렀다. 그리고 미랑이 "놀라지 마세요." 하더니 자신이 다니고 있는 화장품센터에 충주센터장이 사촌 오빠와 동거하고 산다고 말해 주었다.

이성 간에 근친상간이라니 그 속은 당사자 이외는 참으로 모를 일이다.

미랑과 함께 욕탕에 들어갔다 나와 샤워를 마친 후 침대에 나란히 누웠다.

"미랑씨는 남자친구가 없어요?"물으니 쓰다 달다 아무 말도 없다. 무슨 깊은 과거가 있는 듯싶었다. 20대 처녀로 아직은 물이 오르지 않은 미랑은

"나 잘할 줄 몰라요"한다.

양코가 열심히 피아노에 건반을 두드려도 소리가 나질

않는다.

아무런 흥미를 느끼지 못한 미랑은 꼭 이런 것 해야 돼요? 이런 것 없이는 안 되는 건가요?

미랑은 숫처녀는 아니지만 남과 녀의 이치를 깨닫지 못하는 것 같았다. 20대는 풋풋한 사과 같아 냄새가 안 나서 신선해 좋지만 맞장구를 칠 줄 몰라 시큰둥해진다. 그러다 보면 남자는 멀어져간다. 물이 흠뻑 오른 30대가 되어서는 하룻밤만 거르게 되어도 여자들은 삐진다. 매일 밤 시달리다 병들어 죽으면 서방 잡아먹은 년이라고 손가락질 받는다.

같은 20대인 해령은 밥만 먹고는 못살기에 80대 스폰서 몰래 처음 보는 양코와 밀월여행을 떠나고 있다. 그녀는 남자 손을 여러 번 거쳐 완전한 여자의 몸으로 변하였기 때문이다. 이런 여자가 남자의 진짜 참맛을 보게 된다면 으레 도망가자고 하는 공통점이 있다.

잠시 진미랑 이와의 옛 추억을 지우며 현실로 돌아왔다. 젊은 두 여인들은 참새들처럼 하얀 웃음을 띠우며 재잘거렸다. 탄금대 넘어 충주호에 민물매운탕 맛집에 들어서니 주인으로 보이는 뚱보 아줌마가

"어머 우리가게가 환해졌네요." 하며 인사를 해온다. 진이와 해령에게

"어쩌면 이렇게들 예쁜가! 그런데 우리 집 매운탕이 예쁜이들 입에 맞을지가 모르겠네." 진이는

"저희들은 매운 낙지볶음도 잘 먹어요"웃는다.

해령이 벽에 걸린 메뉴판을 보면서

"쏘가리와 메기 매운탕 4인분에 붕어찜 2인분만 주세요."하니 주인아줌마는"술은 안하시겠어요?"

"운전하셔서 술은 다음에 할래요."하며 4인석에 돌석하고 진이가 같이 않고 양코와 해령이 맞은편에 같이 않으니 짝이 맞아 보기에 좋은 그림이 되었다. 식사 후 양코와 돌석은 낚시를 빌려서 낚시를 하고 진이와 해령은 유람선 배를 타고 충주호를 한 바퀴 돌아보고 있었다.

저녁이 되자 근처에 있는 호텔에 여장을 풀고 라운지에 있는 나이트클럽에 올라가 양주와 춤으로 거하게 놀아나고 있었다. 나이트클럽에는 손님이 물샐틈없이 들어차 있는데도 손님들은 미랑과 진이를 연예인들이 서울에서 왔나 하고는 눈을 떼지 못하며 시선을 받았다.

오늘 경비는 미랑이 모두다 부담 하였다. 돌석은

"다음은 내가 쏠게. 언제가 좋을가예?"하니

"빠빠가 먼데가면 의심해요. 가까운 데로 가요"해령이

말했다.
"알았어예. 다음 주에 진이가 연락 할게예."

룸으로 들어서자 양코는 기다렸다는 듯이 그녀에 허리를 감싸 안고 붉은 입술을 포개었다. 양코는 능하게 그녀를 숨 가쁘게 몰아붙였다. 그녀는 거친 신음소리를 내며 등줄기에 땀을 흠뻑 흘리면서
"이렇게 좋은걸 난 이제 어떡해 오빠! 사실은 남성 호르몬을 받고 싶어서... 고마워요. 빠빠는 나를 안아서 품기만 하지 그런 건 이제 못하나 봐요. 한 번도 해주지를 못하다보니 늘 의심을 해요"

옛날부터 지체 높은 양반은 7~80대가 되면 아들이 20전후 되는 어린계집 종이나 천한 상놈의 숫처녀 딸을 사서 아버지 방에 넣어준다. 품고 자면서 기를 받으시라는 의미라는데 일리가 있고 건강에 좋은 이치다.
해랑의 스폰서 빠빠도 그런 이치다. 강남 최고의 룸살롱에 왔다가 해랑을 보고 한눈에 반한 왕 회장님은 강남에 아파트 한 채를 주면서 룸살롱에 못나가게 하고 매월 몇 천씩 주면서 잠자리에서 껴안고만 잠들어도

젊어지는 느낌을 받는 것이다. 젊은 사람들의 피를 걸러 받는 것보다도 더 좋았다. 김일성도 피를 수혈 받는 것보다는 기쁨조와 밤을 보내는 것이 더 좋다고 하였다. 그래서 권력이나 재력이 있으면 남자는 누구나 젊은 여자를 곁에 둔다. 기력이 쇠하면 남성수술로도 힘에 부쳐 섹스를 할 수가 없으나 인간의 음양의 이치는 영원하다.

해랑은 돈 때문에 빠빠의 노리개에 불과했다. 자신도 여자이기에 남자다운 사내가 그리웠다. 중이 제 머리 깍지 못하듯 친구인 진이에게 네가 보기에 괜찮은 남자가 있으면 소개 좀 하라고 늘 졸라댔던 것이다.
둘은 직업여성으로 첫발을 들어서면서부터 단짝이 되어 흉허물 없는 친구 사이가 되었다. 오늘 같은 날도 친하지가 안고서는 민 낯을 들어내는 일은 볼 수 없는 일이다.

충주 수안보온천에서 겨울온천욕을 즐기고 일상으로 돌아왔다.
어느 날 양코는 온양온천 고향선배가 하는 스테인리스 제품을 잡지와 신문광고 홈쇼핑을 하기도 하였다. 선배 한 현식사장은 20개의 판매대리점에 인프라 구축을 갖추었다. 그중에서 나이가 제일 어린 양코는 매출이 가장 많아 언제나 VIP 대우를 받았다. 내일이 단합대회 회식이라면서 광화문 옆 무교동에 백합 룸살롱으로 양코를 불러내었다.

나가보니 20명의 센터 장들이 호스티스 한명씩을 옆에 앉혀놓고 흥겹게 마시며 노래와 춤으로 무르익어가고 있었다. 양코가 들어서면 선배 한 사장은 쌍수를 들어 환영하며 여기 텔런트사장이 오셨네. 한다. 늦게 온 벌로 벌주를 내리고 자주 가니 양코의 파트너도 정해져있었다. 양코를 기다린 파트너는 술안주를 입속에 쏙 넣어 주기도 하였다.

한현식 고향선배 역시도 애인에게 스폰서로 룸살롱을 해주고 매출도 올려주려고 센터 장들을 매일 밤 불러 모아 마시고 놀았다. 그러다보니 양코의 파트너인 경희는 여고 때 같은 학교 남학생에게 철없이 연애를 하여 원치 않는 아이를 낳아 미혼모가 되었다. 백합에서 나이가 제일 어린 막내였다. 양코 나이도 제일 어리니 파트너도 막내끼리 붙여놓았다.

"오빠 오늘도 그냥 갈 거야?"
그 말은 경희와 몇 번 파트너가 되었지만 술집여자와는 익숙치 못한 양코는 경희의 손목도 한 번 잡아 보지도 않고 술자리가 끝나면 집으로 가기가 바빴던 것이다. 그러자 경희가 양코에게 유혹을 해왔다.

양코가 출판사인 직장을 다니며 광화문 옆 청진동에서 하숙을 하며 야간대학에 다닐 때였다.

무교동 룸살롱 마담의 집에서 하숙을 하였다. 그때 혼이 나서 무교동 룸살롱 여자들을 좋지 않게 보았다. 경애라는 마담은 새벽 늦게 들어와 술주정뿐만이 아니라 아침식사도 자주 걸렀다. 지배인을 애인삼아 늦잠을 자느라고 아침을 하지 않았다. 처음에는 이런데 인줄 모르고 들어왔다.

옆방에는 남자가 아닌 젊은 여자가 하숙을 하고 있었다. 다른 방에는 경애와 같은 룸살롱에 다니는 친구가 월세를 들어 살고 있었다. 어느 날 공휴일인데 아침밥을 얻어먹을 기미가 안보이자 옆방에 여자가 가로막은 칸막이 문을 두드리면서

"학생 아침 먹기는 틀렸으니 영양통닭 먹으러 갈래요?"

"치맥은 좋아하는데 신세져서야 되겠습니까?" 그녀와 한 달이 넘어 처음 이야기 해보는 것이다. 청진동 해장국은 가끔 대용식으로 때우기는 했지만 아침부터 치맥으로 식사를 때우기는 처음이다. 그녀는 치킨을 두 마리 시키더니

"이렇게라도 영양 보충 해야지. 이집에서 하숙하다 영양실조 되겠어요. 학생! 안 그래요?"한다.

"학생은 그런 집에서 왜 하숙을 하고 있어요? 나는 한 달 선불준 것만 채우면 옮길 거예요. 해도 해도 너무 하는 거 아니에요! 이건 하숙이 아니라 착취에요."
그동안 무엇을 하기에 하숙을 하나 궁금하던 차에 물어보니 경북 예천에서 머리 좀 정리하러 올라와 있다고 한다.

"무슨 고시공부라도 준비 하시나요?"하니

"아뇨 여고선생을 하다가 결혼을 하였는데 난감한 일이 생겼어요."

"네 에 무슨 사고라도 당하셨나요?"

"아뇨"얼굴이 붉어지면서 머뭇거릴 뿐 말을 않는다. 그럴수록 남의 일인데도 궁금증은 더해간다.

"말을 하다 말면 복이 나간 다네요."하니

"결혼 한지 한 달 만에 집도 학교도 모르게 이리로 오게 되었어요."

"그러면 큰일이네요. 집도 그렇지만 학교에 학생들이 공부를 못하게 되잖아요? 그렇게까지 박절한 일이 무엇인데요?"

"결혼에 대한 로망이 너무나 크던 만큼 실망도 크네

요."

"참고 사셔야지요."

"참고 살 일이라면 얼마든지 참지요. 나도 대학을 나와 선생님이 되었는데 그 이전에는 나도 여자에요. 그 남자는 나를 속였어요."

"신랑이 사기 결혼을 하였다는 말인가요?"

"사기보다 더한 저의 인생을 송두리 채 망쳐 놓았어요. 앞으로 호적을 정리하면 처녀가 아닌 이혼녀로 되게 생겼으니 너무 억울해요."

"왜 그런데요?"

"그 남자는 고향선배 오빠였는데 대학시절부터 연애를 해왔어요. 이재서야 후회되는 것은 남자구실에 이상이 없나 검증을 했어야 했는데 전혀 요구를 해오지 않아 오빠가 나를 끔찍이 사랑하는 걸로만 여겨왔어요. 결혼을 하고도 잠자리를 피하기에 고자가 아닌지 의심이 되었어요. 밤마다 피가 마르다 보니 얼굴이 까맣게 타더라고요. 하도 기가 막혀 '오빠 왜 남자 구실도 못하면서 사랑한다고 했어? 이제 난 어떡해.'하니 '미안해' '이게 미안 하다는 말로 될 일이야' '그러면 아직도 숫처녀이니 재혼을 해' 결혼신고까지 되었으나 그 말에 집을 뛰쳐나왔어요. 너무 창피해서 그 남자가 고자라는 것도 모두에게 숨겼어요."

"그래도 고향으로 내려 가셔야지요. 가족들이 얼마나 황당하겠어요."

"창피해서 못가고 우편으로 사표를 내고 서울에서 일자리를 알아보려고요. 학생은 하숙집 안 옮길 거예요? 몇 달 되었는데? 책상이랑 이부자리는 용달을 불러 옮기게 같이 좀 알아봐 주세요. 하숙생 이라고는 우리 두 사람만 있는 이런 곳 말고 하숙방이 몇 개 되는 집으로 알아봐 좀 주세요."하며 부탁을 해왔다.

왜 여선생님들은 속아서 결혼하는 경우가 많을까? 어느 날 가을 전주에 야간열차로 출장을 내려가는 중에 선반에는 트렁크를 올리고 깊은 시름에 잠겨있던 젊은 여인도 여고 미술선생으로 이혼 후 친정집으로 들어가는 중에 양코와 새벽에 숙소로 같이 들어갔던 것이 생각났다.

여름방학 때는 대전 나이트클럽에서 만나 숙소까지 같이 갔던 여선생도 기분이 울적하여 술 한 잔 하러 나왔다고 하더니 세상물정이 어두워서 결혼에 실패하는 것이 아닌지 싶다.

퇴근 후 학교를 마치고 들어오니 하 선생은 양코를 반기며
"저녁 안 드셨지요? 해장국으로 저녁 하러가요."
"아니 이번에는 제가 사야하는데"
"학생이 무슨 돈이 있어요. 돈 걱정하지 말고 문 닫기 전에 어서가요"
"하숙방은 알아보셨나요?"
"네 신촌에 하숙촌으로 알아봤더니 누구라면 다 아는 예전에 챔피언 선수집이예요. 방이 나란히 빈 게 있어요. 가격도 여기보다 조금은 저렴하고요."
"잘 되었네요. 계약을 하시지요."
"학생이 마음에 들지 몰라도요?"
"전문하숙집이니 여기보다야 낫겠지요. 계약하세요. 제가 은행에 이체시켜드릴게 온라인번호주세요. 홈뱅킹으로 보내면 되요."
"하숙집아줌마가 인상이 참 좋아요. 아줌마가 방 하나는 누구예요? 해서 남자 대학생이라고 말했어요. 남녀 학생이 방 한 칸에 같이 쓰는 학생들이 많다고 하더라고요. 그런 일도 있나요? 하니 계약동거라네요. 졸업할 때까지 돈도 아끼고 일석이조라는데요!"

이렇게 유혹을 해오니 그날부터 그녀와 한방에서 지내게 되었다.

어느 시골초등학교의 여선생님은 기가 얼마나 센지 남편이 병들어 죽자 같은 학교의 남자선생님 12명을 모두 다 잡아먹고 끝에는 정문 수위와 성관계를 가진 것이다. 거기까지는 좋았는데 초등학생 제자와도 성관계를 해 학부형의 신고로 들통이 나게 되었다. 꼬리가 길면 밟히는 법이다. 그렇지가 않았으면 지금까지 세상에 드러나지 않았을 것이다. 이런 것만 보아도 여자 백 명 중 70명은 외간남자와 성관계를 가졌다는 통계가 틀리지 않는 것 같다.

양코에게도 여자가 먼저 다가와 이루어진 수없는 사례를 보아서도 알 수 있다. 부적절한 관계나 바람을 이야기할 때는 남자만 하는 걸로 누명을 쓰는데 상대적인 여자가 없으면 외도를 할 수없는 게 아니겠는가! 남자나 여자나 1대1 이므로 불륜은 같은 비율인 것이다.

양코를 잘 모르는 사람들은 여자를 울리는 놈이라고 속도 모르고 손가락질 할지 모르지만 오히려 별천지만 구경시켜준 영웅이다. 유부남이 아닌 독신자라고 속인 적도 없고 혼인빙자 간음을 한일도 없다. 뭐에 댓가로 무엇을 해준다고 한 적도 한 번도 없다.

그녀들의 성욕에 욕구만 채워주었기 때문에 보국대봉사로 천당에 갈일만 하였을 뿐이다. 원하지도 않는데 들이대면 죄가 된다는 것을 잘 아는 양코는 자기관리를 철저히 하여 좋은 일만 하였기 때문에 미투 신고나 성추행, 성폭행 같은 스캔들로 세상에 들어낸 적 한 번도 없이 은밀하기만 하였다.
만약에 단 한번 이라도 그런 일이 있었다면 질투로 인한 무고다. 무고를 입증할 수 있는 방법은 그녀들이 절정을 느끼며 새로운 맛을 보았기 때문이다. 그러기에 원망을 한 여자는 한 번도 없다. 양코의 능한 매너가 좋았기 때문이다.

처음만난 남자가 마음에 들면 사랑이나 준비된 게 없이도 서슴없이 몸을 여는 게 여자다. 경험으로 보아 화류계 이외 여성도 처음 만나자마자 짧게는 10분 내로 길게는 몇 년 후에도 몸을 준다.
첫눈에 반하면 임신이나 성병은 고려할 겨를도 없이 엔조이한다. 엔조이(enjoy)란 즐긴다는 의미다. 자신이 즐기겠다는 데는 앞뒤 가릴 사이가 없어 일회용으로 끝나기도 하고 그로인한 인연이 연인이 되어 커플로 발전되어 사랑이 움터가기도 한다.
남자들처럼 여자가 사랑 없이 그게 되느냐는 것은 작업의 정석이다. 정석이 있으면 변칙이 있듯이 첫눈에 불붙는 것은 변칙이기에 정신적이 아니라 육체적 성욕 해소 때문에 단발로 끝나는 경우가 많다.

남녀의 성관계는 은밀하면 찬미 되지만 들어나게 되면 추하게 되어 지탄을 받게 된다. 이성 간에 육체적으로 사랑을 나누는 데는 머리로 느끼기 때문에 성폭행을 당하면서 절정을 느꼈다는 여자는 없다.
누가 보는 것 같아 불안하거나 시끄럽거나 불이 켜져 있는 밝고 열악한 분위기에서는 여자의 오르가즘은 밋밋하거나 아예 건너뛰어 느낄 수가 없었을 것이다. 반면에 남자는 최악의 상황에서도 사정이 가능한 것은 신의 섭리다.

여선생님들도 남학생 제자가 잘생겼으면 군침을 흘리는 게 본능이지만 예의 이며 도덕적 윤리이기 때문에 자제력으로 참는 것이다. 여학생들도 총각선생님을 짝사랑으로 가슴앓이를 하며 상사병을 앓는 것도 이성에게 느끼는 본능적인 감정 때문이다.
여선생님들도 근엄함 선생님 이전에 여자다. 가정방문을 오신 막내아들의 담임선생님이 퇴근을 하고 일찍 집에 들어서는 양코에게 애들 엄마가 "아빠세요"하며 인사를 시키자 30대초의 선생님은 눈이 휘둥그레지면서 "아 네 아버님이 텔런트시네요" 칭찬을 한다.

여름방학 휴가철에 대전 나이트클럽에서 두 선생님을

만나자마자 그중 예쁜 선생님과 하룻밤 잠자리를 하고 지금까지 연락이 없는 선생님이 생각난다. 전주에 밤 열차에서 이혼하고 친정으로 들어가기 전 새벽녘에 같이 모텔이 들어갔던 선생님에 이어 같은 하숙집 옆방에서 만나 같이 하숙방을 옮겼던 예천에서 올라온 하 선생님까지 선생님들의 바람끼도 만만치가 않았다. 그때의 추억을 생각하면 믿겨지지가 않고 꿈같은 일이었다.

양코가 초등학교 입학 전 7살 때 이웃집 옥이누나로부터 유혹을 당하였다. 그 후로 옥이 누나의 거기가 만지고 싶어 자꾸만 가고 싶어서 엄마 모르게 가기로 하였다. 누나는 19살인데도 둔덕은 불쑥 튀어나와 도톰하게 솟아나와 있으나 숲은 풍성하지가 않고 막 돋는 보리새싹과 새 칫솔처럼 까칠까칠한 게 산소 묘를 방금 벌초해 놓은 듯한 모습이었다.
저녁을 먹고는 철수네 간다고 하고는 옥이 누나 방으로 들어갔다. 누나는 또 사탕을 주더니
"누구에게도 말하지 않았지?"
"네 누나"
"그래 착하다. 저번처럼 누나가 고추 좀 만져볼까?"

"야 만져 봐요. 누나!"
옥이 누나는 자기 것도 손가락으로 넣어 보라고 손을 잡아 누나 아래에 있는 샘 속으로 넣게 하였다. 미끈미끈하게 미끄러져 들어가니 누나가 아파할 까봐 빼려고 했다. 빼지 말라고 하기에 가만히 있으니 7살인 준상은 자기의 고추가 터질 것같이 탱탱해져 너무나 아팠다.

준상은 초교1학년 이라 오전수업뿐이다. 옥이누나와 그런 장난을 한 이후부터는 왠지 누나가 더 보고 싶어 선생님 말씀도 들리지가 않는다. 누나의 얼굴만 떠오르고 목소리만 들려온다. 오전 수업이 빨리 끝나기만 기다리다가 끝나자마자 뛰어가 가방을 집어 던지고 점심도 먹는 둥 마는 둥 하고는 옥이 누나 방으로 달려 들어갔다. 준상은 깜짝 놀랐다. 방바닥에 피를 흘려 널려져 있고 누나는 정신을 잃은 것같이 보였다. 누나의 엄마에게 달려가 "누나가 이상해요"하여 와보더니 "아이고 이 불쌍한 옥아"하시면서 통곡하셨다.
그때서야 옥이누나가 죽은 것을 인식한 준상도 누나! 누나! 부르면서 엉엉 울었다. 그 이후로 누나의 잠지 만지는 꿈을 꾸기도 하면서 한동안 누나 생각이 나서 야위기까지 하였다. 사람들은 옥이가 처녀귀신이 될

거라며 수근 거렸다. 그러나 어린준상은 모르는 소리 말라며 나도 남자여 누나는 처녀귀신이 아니여 하며 한동안 누나의 거기가 잊혀 지지가 않았었다.
아...이것이 사랑이었던 것이었다.

양코는 초등학교 7살 때부터 여자를 알게 되었다. 삽입할 줄도 모르고 사정이 뭔지도 몰라서 못하지만 이웃집 옥이누나와 연애를 한 것이 최연소 연애한 어린이가 되고 말았다. 그때 이후 6년이 지나 중학교 1학년인 13세가 되자 고등학교 형이
"너 자위를 해봤니?"하기에
자위는 뭔지 모르고 연애만 해봤다고 하니
"이 조그만 게 하면서 머리를 쥐어박더니 공갈치지 마. 자위도 모르는 게 연애는 무슨 연애야. 자 내가 가르쳐 줄게."
그때 사정이라는 것을 처음 알았다.
어느 날 나무을 붙잡고 힘주고 타다가 느꼈던 그 짜릿함과 꿈속에서 자신도 모르게 쌌던 몽정과 합친 것이었다. 누나이후 자위를 알아 매일 하다시피 하니 나쁜 짓이라는 죄책감에 시달리면서도 끊지를 못하였다. 친구들끼리 모여서는 누가 누가 멀리가나 방 벽에다 대

고 사정을 하며 호떡내기까지 하였다.

남자는 열 명중 아홉 명이 사춘기 때부터 결혼할 때까지 하고 노후에 하지만 여자는 사춘기 때부터 열 명중 일곱 명이 결혼 후에도 신랑에게 만족을 못 느끼면 자위로 만족을 한다. 폐경 후에는 질 건조로 성교 통 때문에 섹스는 거부하지만 할머니가 되어서도 자위는 계속된다.

양코는 연애를 많이 하면 임금님들처럼 수명이 단축된다는 오해와 진실까지 터득하였다. 병원에서 검사를 하면 깨끗하여 혈관나이가 15년이 젊다고 한다. 사람들은 10년은 나이보다 더 젊어 보인다고 하면서 비결이 뭐냐고 하면 즐기기 때문이라고 서슴없이 대답한다.

그런데 왜 일찍 죽는다는 것일까? 장수에 대한 연구를 하는 학자들에 의하면 섹스를 하지 않는 사람들이 남자나 여자나 십년은 수명이 짧다고 한다. 다른 파트너와 섹스는 더욱 면역력을 높이고 만족감을 주어 자신감이 높아지기 때문이라고 하니 삼천궁녀를 거느린 왕들이 단명한 이유는 다른데 있다.

이 세상에 모든 것은 변화하여도 남녀관계는 몇 억년이 지나도 변하지 않고 그대로인 것은 더 이상 발전할게 없는 본능이기 때문이다. 앞으로도 변하지 않을 것이다. 황제라고 하더라도 잠자리만큼은 천민과 다르지 않다.

천민이나 백성은 늘 물이 흘러가듯이 움직이므로 장수하는데 임금님은 늘 앉아만 있거나 누워만 있어 움직이지를 않기 때문에 단명한 것이지 섹스 때문이 아니다. 우리의 근육과 혈액은 고인 물처럼 움직이면 맑고 그대로 있으면 썩는다.

재벌들이나 대기업 회장이 못사는 빈민보다 단명한 이유는 아내가 많기 때문이 아니라 집 앞에서 차를 타고 회사 문 앞에서 내리므로 움직임이 부족하기 때문이다.

잘 먹어도 모델처럼 날씬한 사람은 많이 움직이는 사람이고 먹는 대로 비만인 사람은 움직이지 않는 사람이다. 뛰어다니는 토기나 사슴은 날렵하지만 울안에 갇혀있는 돼지는 살만찌게 된다.

나이보다 젊어 보이는 사람은 부지런하여 노화가 늦은 사람이다. 과유불급으로 운동이 지나치거나 모자라도 안 되듯이 섹스도 지나치게 방사하거나 섹스를 터부시하여도 정신적 육체적으로 문제가 된다.

자기관리를 잘하면 절제를 잘하는 사람이다. 그런 사람은 부지런하고 규칙적인 좋은 생활습관을 가지고 있어 도전정신도 강하고 생활력도 강해서 한번뿐인 인생에 삶의 보람을 느끼며 잘사는 사람이다. 생활습관이 게으르면 남에게 지배만 받게 되고 의지만 하게 된다.
사랑을 하면
예뻐지고
젊어지고
건강하고
즐겁다.
길가에 피어난 잡초만 보아도 저절로 미소를 짓는다.
새로운 이성친구가 생겼을 때 우리 몸에 일어나는 이러한 변화는 돈 주고도 사지 못할 증상들이기 때문에 면역력이 생겨나 잔병치레도 덜하게 된다. 열정이 샘솟고 욕망이 생겨나며 도전정신이 넘치게 된다.
사랑도 없이 먹고 자는 일 외에 하는 일이 없으면 죽는 날만 기다리는 꼴이 된다.
인생은 짧다.
우주는 6백 억년이 흘러와 미래도 영원한데 그에 비하면 인생은 점 하나에 불과하다.
주저하고 망설이고 눈치 볼 겨를이 없다.
내 인생은 남이 살아주는 것이 아니고 내가 살아가는 것이다.
인생에 힘이 없을 때 늦게 서야 잘못 살아왔다고 후회

를 한들 보상받지 못한다.
사람들은 인생을 두 배로 살아보려고 고정관념을 깨고 새로운 것에 도전하며 현명한 판단을 내려 남보다 30년을 더 살아보려고 최선을 다한다.

섹스는 정년이 없어 백세도 가능하다. 발기부전도 현대의학은 청춘으로 돌려놓고 있다. 사정을 하고도 서 있는 청춘보다 더 청춘 같은 할배들 때문에 할매들은 늦게 복 터져서 호강을 한다. 인위적인 의학으로 발기 시켜 놓았기 때문에 시간도 마음대로 시도 때도 없이 할 수가 있다. 할매가 감당 못해 거절 시에는 할배는 젊은 여자를 찾아서 늦바람이 나기도 한다. 3백이 아까워 3 ~40년을 안하고 마는 새가슴인 할배도 있지만, 양코의 값진 정보를 몰라서 못한 억울한 할배들이 많다.
용기를 내어 경력이 30년 된 믿을 수 있는 병원을 추천받아 수술한 할배는 진즉에 못한 걸 후회하기도 한다. 특히 재혼을 하기 전에는 남성수술이 필수다. 재혼한 여자가 난 재혼하기를 잘했어요. 너무 좋아요. 하며 항복해 오기를 바란다면
꼭! 전 박사에게 추천을 받아보자. 010-8558-4114

유럽의 백작부인이 흑인 노예를 사랑한 서양의 대표적 애정소설<차타레 부인의 사랑>이 있었다면

중국에는 약재상으로 갑부가 된<서문경>이 있었다.

종년으로 늙은 주인의 애첩 반금련은 영감이 사망하자 만두행상인 난쟁이 곱추와 결혼을 했다.

서문경은 반금련을 길에서 본 후 첫눈에 반해 유혹하였다. 걸려든 반금련은 서문경에 미친 나머지 둘이 공모하여 난쟁이 남편을 살해한다. 중국의 고전 중에 금병매는 4대 기서이다.

일본에는 70대 의사가 작가인<실락원>이 있다.

출판사 대표와 의사의 부인과 불륜에 빠진 후 정사에 빠져 헤어나지 못하여 동반자살로 막을 내린 베스트셀러다.

차타레 부인은 흑인노예와

서문경은 종년 출신과

실락원은 의사 부인이 출판사 대표와

1대1의 애정소설은 인터넷이 없던 시절 소설이다.

인터넷시대에 현대를 표현하는 <유혹>은 한 여자가 여러 남자와 한 남자가 여러 여자를 섭렵하는 특별한 한국의 대표적인 신화적인 애정실화소설이다. 가요에 70%가 사랑의 노래이듯이 홈드라마 에서도 로맨틱한

러브스토리가 단연 인기가 높다.

유혹 4, 5, 6권이 인터넷이 없던 시절이었다면 지난번 30만부가 팔린 <핫나경>보다 더 많은 부수로 독자가 많게 되었을 터인데 인터넷 때문에 신문도 안보고 책도 안보는 현실이 아쉽다.

유혹 1, 2 3은 20세기 이전의 고전적 소설이며 4권부터는 20세기 후반부터 21세기 전후에 현실을 그려낸 작품이다.

주인공이자 작가에게 현재까지도 많은 독자들로부터 연락이 온다.

[박사님 너무너무 재미있어 빠져 들었다가 깨어났다며 다음도 지속적으로 작품 활동을 해달라는 독자가 있는가 하면, 나는 애정소설은 질색이라며 속이 훤히 보이는 이중적인 독자도 있다.]

조선시대 가루지기타령의 변강쇠와 옹녀의 러브스토리는 가상 인물에 그럴듯하게 지어낸 창작소설 이지만, 유혹은 체험으로 격은 실화이기에 독자 자신이 격은 것과 같이 공감하기 때문에 감동을 진하게 느껴지는 것이다.

남녀 간에 속궁합이라는 것이 공연히 생겨난 것은 아니다

20대 남자는 5초 땡으로 토끼보다 더 빠르고, 30대는 애무도 없이 들이대고, 40대부터는 테크닉이 완숙하나 싶더니 50대에 가서는 동굴 속에서 중간에 발동이 스르르 꺼져 버리니 여자는 미쳐 버린다. 조루가 없이 지속적이고 20분 이상 애무가 있어야 하고 파트너가 여러 번 소리 지르며 워매 좋은거 하며 죽어 나간 후에 발사 하는 능한 사내가 속궁합이 잘 맞는 커플이다. 반대로 여자는 빨리 오르며 여러 번 신음소리를 내고 표현을 잘하는 여우를 만나면 속궁합에서는 최고이다. 인간은 복잡한 감정과 미묘한 기질을 지닌 동물이기 때문이다.

남녀 간에 유혹에 직면하게 되면 피가 뜨거워져 불꽃 같은 욕망이 피어오르게 되어 잘못된 만남을 판단할 겨를이 없다. 누가 가르쳐주지도 않았는데 아는 것이 본능이므로 욕정은 통제 되지가 않는다. 하품(下品)의 남편과 사는 아내는 남들도 그렇게 하는 줄 알고 지내며 의무적으로 살고 요강 노릇만 평생을 해오다가 상품(上品)을 맛볼 기회가 있어 맛을 보니 뼈가 녹아내리고 눈이 뒤집혀 잊지를 못하게 된다. 상품(上品)인 사내에게 맛을 본 여자는 매일 밤 그 남자만 생각나는 것이 인지상정(人之常情)이다.

친구가 그렇게도 그 방면에 유능하다 것을 아내에게 흉을 보면 아내는 그 친구를 남편 앞에서는 멸시하는 듯하지만 속으로는 남편의 미진한 테크닉과 욕구불만으로 한숨짓는다. 상품(上品)맛을 보았으면 하고 그리워지게 되는 것도 인간의 본능이다.

인간은 뜻이 있으면 길이 있게 마련이다. 녹신녹신하고 말랑말랑하게 녹여 주는 상품(上品)의 사내를 만나면 까무라쳐 넋까지 나가 죽고 싶어지기 까지 한다. 여자가 느끼는 성감은 그 어느 것에도 비교가 안될 만큼 크기만 하다.
반면에 남자의 성욕은 목숨과 바꿀 만큼 강열 하지만 여성보다 느낌은 어림도 없으면서도 껄떡 거리기만 하는 것이다. 여자가 남자의 벌떡 선 성기를 보면 짜릿하듯이 남자도 여자에 알몸을 보면 관음증으로 되어가면서 상습적으로 몰카범이 되어간다.
경찰관이 공중화장실에 몰카를 설치하고, 아나운서가 계단에 올라가는 여자들의 신체를 뒤에서 올려다보며 스마트 폰으로 촬영하고, 선생님이 제자에 신체를 몰카로 찍어서 보면서 자위하는 것은 정신적인 변태에 관음증 환자다.

처음해보면 처녀고 아주 많이 하면 아줌마고 할 만큼 하였으면 할머니라고 그럴듯한 말이 있지만 량보다는 질이다. 쾌락에 즐거움을 맛보는 삶은 질(質)이고 무의미하고 밋밋하게만 오래 사는 것은 량(量)이다. 아내가 남편에 다가가면 가족끼리는 "이런 거 하는 거 아녀"하면서 다른데 가서는 방사한다.

남성이 일생동안 사정할 수 있는 기회는 겨우 삼천 번 밖에 안 되지만 여성이 오르가즘을 느낄 수 있는 기회는 일만 번으로 남자보다 세배가 더 많다.이것은 남자는 단발로 끝나지만 여자는 3회 이상 절정으로 치닫기 때문이다

사랑을 하면 그 사람의 폰이나 문자가 자꾸 기다려지기도 하고 눈물샘이 구멍이 난 것처럼 눈물이 흐른다. 봄날에 새싹처럼 사랑을 하면 정신적지주가 되기도 하는데 흔히 남편이 아닌 다른 남자로 부터다. 그것은 새롭게 쾌락을 얻은 후부터가 된다.

양코가 천명의 여성으로부터 유혹을 받은 기술은 여자의 심리를 터득하였고 여자의 구멍구멍이 모두 성감대이란 것을 아는 양코의 테크닉이 명품이었기 때문이다.

8. 대전에서 도미경

 인생은 만나면 영원할 수가 없어 언제인가는 헤어지게 되는 것이 인생이다.

마 돌석은 돈이 다 떨어져 빈손이 되자 부산으로 내려갔고,
톱 탤런트 홍 로즈는 연예계를 은퇴하였다며 캐나다로 이민을 갔다.
일본에 쓰미꼬 만이 양코를 포기하지를 않고 지아비처럼 손꼽아 기다리고 있었다.
양코도 부산에 로드글로리 금 그릇 제품만 완성되면 일본홈쇼핑 진출에 도전하는 꿈을 버리지 않고 있기 때문에 일본에 현지법인을 설립할 예정이었다. 그러니 일본에 가기 전에는 전국센터 중에서 대전센터에 자주 들렀다. 대전은 경부선으로 내려가다 들리고 호남선에서 오다가도 들리는 교통에 요충지이기 때문이다.

대전센터는 직영이고, 센터 장은 충남대를 나와 유난히도 피부가 하얀 노처녀 도 미경으로 성실하고 순수한 엘리트였다.

양코가 들르면 그 동안의 매출실적장부를 내어놓고 결재를 받으며 지시도 잘 따르는 절대복종 형이다.

부모님은 이른 봄 유채꽃이 필 무렵 제주도에서부터 강원도 설악산까지 옮겨 다니시며 양봉 통에 꿀 채취를 하시기 때문에 늘 집을 비우시고 겨울철에나 부모님이 집으로 돌아오신다. 그래서 미경과 여동생 단둘 자매만이 지낸다.

미경은 양코가 오면 일벌들은 3일만 먹어서 작고 7일을 살지만, 여왕벌은 3년을 먹어 몸집이 크고 일벌의 200배를 더 장수하여 7년을 산다는 귀하디귀한 로열젤리를 가지고 나와 건네어준다.

"지난번에 준 것도 아직 남았어요."하면

"꿀 중에 꿀 로열젤리만큼 으뜸인 식품도 없어요. 회춘에 탁월하여 임금님께 진상되며 면역력과 뇌기능활성화와 노화방지 특히 정자생성이 왕성해지니 꾸준히 드세요."한다.

양코에게는 고마운 미경이다.

미경은 항상 양코가 출장 오면 집에서 로열젤리를 가지고 나와

"남자에게 좋으니 드세요"하며 늘 선물을 내민다. 그러한 고마움에
"도 미경 센터장 저녁식사나 하고 가요"하면 기다렸다는 듯이
"오늘 서울에 가시지 않으세요?"하면서
"대전에서 유명한 별천지를 가보셨나요?"한다.
"이름이 예사롭지가 않은데 그런 데가 있어요? 한번 가봅시다."
이때는 유부녀는 아줌마로만 보였지 여자로는 보이지가 아닐 때였다. 그러니 처녀들하고만 부딪혔는데 로열젤리 효과 때문인지 3명의 처녀와 연예를 하게 되였는데 모두가 임신이 되어 수난을 격을 때다.

도미경이 운전을 하여 금산방면으로 한참을 달려 야외로 빠져 나간다. 대전시내를 거의 벗어날 즈음에 산중턱에 별천지간판이 보였다. 근사한 한옥이었다. 마당에 주차를 시키고 들어서니 연못 속에 식탁이 놓여있고 발을 연못 속에 담그니 닥터피시 물고기가 간지럽히며 발바닥에 입을 대는 분위기였다.
백번 듣는 것보다는 한번 보는 것이 특히 사업에는 필수다. 전화나 이메일로 보다는 직접 마주하면 확실하

고 센터장도 얻는 정보가 많아진다. 별천지에 서 토속적인 저녁을 하며 충청도의 전통 주 진달래 두견주를 곁들였다. 도미경은 운전으로 거르려다가 대리기사를 부르기로 하고 같이하니 대화가 무르 익어갔다.

명주는 맛이 좋아 마실 때는 독한 줄을 모르나 마시고 나면 술기운이 올라 말이 많아진다. 미경도 주거니 받거니 대작에 지지 않아 금방 빈병이 되었다. 벨을 누르고 알바 여대생에게 이번에는 아에 두병을 추가로 시켰다.

술을 마시면 용기가 생기고 대화에 윤활유 역할을 한다. 입이 무거운 미경도 그때서야 콧소리로 연신 재잘대며 마음의 문을 연다. 양코는

"혼기가 늦었는데 언제 결혼 할 거예요?"하니 손으로 허공을 저으며

"저는 결혼을 못해요"하며 울먹이고 있었다.

"얼른 울먹임을 달래느라 결혼하면 당분간 결근하게 되므로 어쩌나 하여 물어본 거니 오해 말아요."하니

"저 없어도 부 원곤 과장이 있잖아요." 우는 미경을 보고

"뉴스에서도 교수와 제자사이에 성상납스캔들과 성폭력이 자주 일어나고 있잖아요. 순결에 정조를 목숨과 같이 여겼던 옛날과는 달리 10대부터 불장난에 성 개

방이 되어 20대가 되면 순결은 거추장스러운 듯이 거의가 내던져서 숫처녀는 거의 없어요."하고 양코는 달래 주었다.

미경은 위안이 되었는지 울음을 그쳤다. 양코는 남자의 심리를 이야기 하였다.

"남자는 사랑이 없이도 여자의 흐트러진 모습이나 약점이 보일 때 욕구본능에 성욕이 폭발하게 되니 몸가짐을 조신하게 가져야해요 그래야 남자가 단념하며 야욕에서 피할 수가 있어요. 미혼모가 된 것도 아니고 그 정도 과거를 가지고 결혼을 않고 평생 독신녀로 살아가겠다는 것은 짧은 생각이에요. 과거를 까발리지 않으면 남자들은 숫처녀인지 아닌지 잘들 몰라요. 여자가 첫날밤부터 능숙하게 절정에 신음소리를 자지러지게 내서 과거가 드러나지만 않으면 과거를 말해서는 안돼요."

본사에 금 사랑과 같이 대전에 도미경도 일은 잘하는데 곧이곧대로 융통성이 없어 어리석었다.

"대표님 제가 술이 취했나 봐요. 대표님이 편하게 오빠같이 대해주시니 이런 말까지도 다 드리네요. 교수님은 저보고 결혼한 여자 같다고 하기에 깜짝 놀라 충격을 받았어요."

"처음이에요?" 하니

"유부녀보다도 더 경험이 많아 보인다고 하니 그 충격에 결혼을 하면 첫날밤에 과거가 들통 날 것 같고 저는 거짓말을 못해 결혼을 안 하기로 했어요."

"여자도 자위로 길들여지면 첫날밤에 흥분이 고조되어 더욱 절정을 느끼게 되지요. 오히려 축복할 일을 몰라서 불행을 자초 하였네요. 이제 알았으니 마음을 고쳐 먹고 남자 친구를 사귀면서 엔조이하다 신랑감이다 싶으면 결혼 하세요. 여자나이 30대면 여자의 황금기인데 세월을 헛되게 보내지 마세요."

인간은 모르는 데서 고민과 걱정에 시달리게 된다. 마음고생이 심했던 미경은 양코의 성 지식을 듣고는 후유 하고 한숨을 내리쉬니 무거운 바윗돌을 내려놓는 기분이었다. 그리고 미경은 양코를 가슴앓이를 하며 연정을 품어 왔던 터였기에 안심이 된 모양이었다.

양코에게 사랑을 느끼고 있었지만 직원이외 여자로는 대해주지 않아 자존심이 상했던 미경은 마침 기회가 오자 술김에 스스로 속내를 들러냈던 것이다. 금 사랑처럼 거짓말 같은 여자의 유혹이었다.

그녀가 선물로 준 로열젤리와 마카를 곁들여서 늘 먹다보니 성욕을 주체치 못하던 양코에게는 기름에 불을 지른 격이 되었다. 밤이 깊어오자 달빛마루에 두 연인은 스스럼없이 손을 잡고 모텔로 들어서고 있었다.

수재들만 갈수 있는 미국명문대 하버드대학에서 3년째 사랑 학을 강의하는 교수는 말한다. 연애결혼 취업도 포기하는 3포 세대처럼 사랑의 실패는 자신의 약점을 숨기기 위해 다음걸음을 주저하거나 멈추게 되거나 포기를 한다.
사랑 학을 배운 사람과 배우지 않은 사람의 삶의 질은 확연히 다르다. 사랑 학을 배운 사람은 사랑을 반복적으로 실패하여도 늘 도전을 하여 이성의 마음을 얻을 수 있고, 기교 보다는 현실적인 조언에 귀를 기울인다.
완벽한 사랑이란 없다. 도 미경같이 지나간 사랑에 일일이 후회할 필요는 없다. 사랑은 옮겨가므로 또 다른 사랑은 나를 풍요롭게 만든다. 이렇게 연애를 두려워하지 않는 사랑 학을 또 유혹에서 배운다.

노랫말처럼 오늘은 순자 내일은 영자 집에 못 들어가는 게 남자의 인생이란다. 양코도 열 여자 마다 않는 잡식성에 여느 남자 못지않았다. 그러나 미경에게는 직원이외 여자로 생각해 본적이 한 번도 없었다.
미경의 미모는 눈이 작고 평범하고 마음이 순하여 거짓말을 모르며 착한 여자였다. 오늘에서야 그녀의 우회적인 고백을 처음 알게 되었다.

모르나봐. 모르나봐. 립스틱을 바른 이유를 모르시나 봐 모르나봐. 모르나봐. 매니큐어 바른 이유를 모르시나봐. 하는 노랫말같이 양코는 미경의 속내를 전혀 눈치 채지 못하고 있었다.

양코가 방문 전에 미리 알리면 미경은 화장을 짙게 하고, 유행하는 옷으로 치장을 하고 기다린다. 미경은 마음이 순진하여 남자는 모른다고 생각한 것 같다. 하지만 미경이 오래전부터 양코를 사모하고 있었다는 사실은 놀랍기만 하였다.

대전센터는 매출도 높고 어디하나 흠잡을 데 없이 일을 잘하였던 것도 짝사랑하는 양코에게 칭찬을 들으려고 열심히 하였던 것이다. 양코가 출장 와서 잘했다고 칭찬만 하고는 잠시 머물다 바람처럼 사라지면 미경은 허전하여 시름에 젖어 하늘만 바라보며 양코의 모습만 떠올렸단다. 입사 후 양코를 기다린지 이미 오래되었으나 그것도 모르고 오늘도 지나칠 뻔하였다. 귀한 로열젤리를 또 주기에 답례로 식사만 하려던 터였다.

옛말이 하나도 틀린 말이 없다. 얌전한 고양이 부뚜막에 먼저 올라간다더니 그리도 얌전하던 미경이 양코를 남자로 바라볼지 누가 알았겠는가. 그런 건 어디에도 없는 하얀 천사로만 여겨왔는데 전혀 생각지 못한 시나리오였다.

대박이란 생각을 하며 룸으로 들어서니 미경은 침대에 걸터앉지도 않고 방구석에 움츠리며 쪼그리고 앉아 미동도 하지 않았다. 자신이 과거가 있다고 말하지 않았다면 양코는 숫처녀들이 첫 경험하는 날 같은 제스처에 감쪽같이 속을 뻔하였다.

관록이 붙으면 행동은 둔해지면서 가전제품처럼 쓸모가 줄어들지만 역경은 인내와 함께 이겨내는 느림이다. 사랑도 연륜에 의하여 진화한다. 빨리 폭발하는 젊음은 빨리 날고 싶어서 짧지만 나이가든 학은 지혜롭고 끈기가 있어 약하지만 완전함이다.

미경은 사랑에 대한 절망만을 느끼다가 여자의 옷 벗는 소리가 가장아름답다는 소리를 들려주자 양코로부터 새 세상을 얻어 별천지 같이 맛보는 기쁨과 여자의 행복을 얻게 된다.

금 사랑이 깡마른 모델처럼 날씬하고 가슴이 작다면도 미경은 풍만하게 살집이 있으면 가슴이 크다.

혀가 짧으면 키스를 거절하며 질색한다. 남성 성기에 발기가 왕성하면 고환이 작아져서 바짝 위로 올라붙고, 고환이 축 늘어지면 성기는 작아진다.

미경은 여색에 타고난 여자였다. 어떤 교수가 개통을 하였는지 찐한 살내음의 맛을 보아 놓지 않았을 것이다. 양코도 그 많은 여자 중에 여자로 여겨 졌다. 남자의 숨소리만 들려도 흥분이 되고 손길만 닿아도 아련하여 아스라 진다. 풍만한 가슴에 입술을 대고 문지르자 신음소리는 방안을 가득 메운다. 못 견디어 '그만, 그만' 소리를 지른다. 한껏 흥분이 고조된 그녀는 못 참겠다는 듯이 '빨리 빨리' 하더니 사내의 몸뚱아리를 감싸 않고 온몸을 부르르 떤다. 이때가 적시타라는 것을 알아차린 사내가 방망이를 공 구르자 '아 나 죽는다' 면서 울음바다로 변한다. 징한 사내는 죽는다는 데도 사정을 봐주지 않는다. 신음소리가 높아질수록 노련한 사내는 더 세차가 몰아 부치자 그녀는 눈을 하얗게 뜨더니 물 물 하면서 게거품을 품고 기절을 하고 만다.

여자의 오르가즘은 질이 수축되면서 경련을 일으키는 것이다. 경련이 강할수록 오르가즘이 커지기 때문에 잠시 실신을 하게 된다. 이는 남자의 정액을 자궁 깊숙이 받아드려 수태를 시키기 위한 생리적인 신의 섭리다. 절정을 크게 느끼게 되면 임신확률이 높아진다.

어제 밤에 사나운 폭풍우가 지나가고 잔잔한 여명에 먼동이 트자 미경은 여 동생 있는 집으로 차를 몰고 들어가고 양코는 서울로 상경하였다. 미경은 오랜만에 남자에게 운신 못할 찐 맛을 본 후 양코를 잊을 수가 없었다.

양코 역시도 그녀의 미약에 취해 또 대전에 내려가고 싶은 마음은 인지상정이다. 남녀관계는 외모를 보고 첫눈에 반하여 사랑에 빠지기도 하지만 어젯밤 같이 뜻하지 않게 옹녀같은 색에 취해 사랑으로 발전되기도 한다.

사랑은 모든 것을 아름답게 한다. 카톡하는 소리도 까꿍 하고 들렸고, 보는 것마다 아름답게만 보였다. 미경은 연휴에 더욱 양코가 보고 싶다며 대표님 무엇 하고 지내세요? 하며 기다려진다고 하니 이것이 사랑이다.

사랑에 불이 붙게 되면 용기가 생겨 어디로 오라고만 해도 묻지도 따지지도 않고 따라오게 되어있다. 양코는 다음 주에는 온양온천 역전 주차장에 11시에 차를 대라고 하자, 미경은 "네" 한다.

"네 제가 차를 가지고 토요일 11시에 주차장에 대겠으니 대표님은 편하시게 열차로 내려오세요." 양코는 "OK"하고 명쾌하게 답을 하였다.

온양온천은 양코의 고향으로 천사 같으신 어머님을 뵙

고자 가려던 차에 미경을 보고 싶다고 하니 양코는 겸사겸사 같이 가려고 약속을 한 것이다.

어머님은 아버지 여자 친구가 찾아와도 정성껏 깔끔하게 겸상을 차려 밀어 넣으며 입에 맞을지 모르겠네. 하시며 방을 나와 자리를 비켜주시는 오리지널 충청도 순종 파 아낙네시다. 마을아낙네들은 수군거리며 바보라고도 하고 천사 같다고도 하였다.

인자하신 엄마는 누가 뭐라 해도 지아비인 아버지께 거역하거나 대드시는 법이 없으시며 늘 순종만 하셨다. 양코도 성장하는 동안 엄마로부터 꾸지람을 들어 본 기억이 없고 늘 사랑으로 덮으시고 감싸주신 기억밖에는 없다. 그래서인지 어머니라는 세 글자만 나오면 가슴이 시리고 눈이 붉어지며 눈물이 앞선다. 부유한 가정형편으로 4남4녀를 기르시며 늘 자녀들 친구들은 끝이지 않고 찾아왔다. 과수원과 양계장을 크게 하니 먹거리가 많았다. 양코네 과수원은 인자하신 어머님이 계셔서 자녀들 친구들에게 배불리 먹이고 재워서 보내셨다. 양코는 다 커서도 오늘 같이 미경을 데리고 과수원에 들어섰다.

어머니는 과수원 밭에서 일을 하시다

"어머니"하고 부르는 소리에 달려 나오셔서

"점심들 못 했지? 잠시만 기다려라 내가 얼른해서 주

마. 그런데 저 색시는 누구냐?"
"아참 인사 드려요. 대전에 책임자에요"
"응 그러니 참 얌전하게 생겼구나. 색시! 시장하지 잠시만 들어가 기다려요. 내가 맛있게 점심 빨리 지을게"
미경은 양코에게
"어머님이 너무나 인자하시네요."
"그래요 성품이 미경씨와 비슷해요. 우리 어머니는 자녀들을 혼내는 것을 본적이 없으시고 누구하고도 다투거나 큰소리 내는 법이 한 번도 없으신 천사같은 분이세요. 미경씨도 지금까지 다투어 본적이 없는 것 같이 보여요." 하니
"네 그래요. 저는 싸울 줄을 몰라요."
"과수원 구경 할래요."
"!네 보고 싶어요." 양계장 앞에서 닭들이 몰려들었다. 바닥에 계란을 낳는 닭도 있고 꼬꼬대며 모이를 달라는 듯이 울어대는 닭도 있다.
"몇 천 마리는 되겠네요." 양코가 점심모이를 비벼서 주려하자 어머니가 말리셨다.
"점심이 다되어가니 과수원을 둘러보고 와서 점심 하거라."

"네 그럴게요." 미경과 함께 복숭아, 사과, 배, 포도과수원을 따로 따로 돌아보고 와서는 점심상 앞에서 미경은

"어머님 과수원이 꽤 크네요. 어머님도 점심을 함께 하시지요!"하니

"나는 너희들 오기 전에 일꾼들과 방금 먹었다."하신다.

양코에 부지런함은 부모의 내력인 듯하였다.
어머니는 잠시도 멍 하니 있는 법이 없이 하루 종일 움직이신다.
어머님은 가족이 많아서 그러기도 하지만 지아비와 아들의 밥상을 차리시고 딸들 밥상을 또 따로 차리시면서 자신은 늘 조선시대 여인들처럼 방바닥에 놓고 밥을 드신다. 그것도 고기나 생선은 전혀 안 드시고 누룽지와 김치 그리고 자녀들이 남긴 밥이나 오래된 음식만 아까워서 버리지 않으시고 악식만 드시는 어머님이셨다. 음식을 많이 하여 내버리는 것은 살림을 못하는 여자라며 딸들에게 알뜰하게 살림하라며 늘 가르치셨다. 여자가 손이 크면 집안 망친다고 하시며 딸들에게 살림을 맡기고 어느 날 미국에 다녀오신다고 가셨

다.
미국 막내네 부부가 직장에 다니자 이제 갓 낳은 손자를 보러 미국에 가셨다가 그런데서 답답해서 못사시겠다며 막 바로 다시 오셨다. 평생을 일만하시고 살아오신 농촌 시골이 더 좋다 하시는 어머님이시다.
너그러우신 어머니이기에 미경을 데리고 가도 부담을 느끼지 않았다.

양코는 어린 시절에는 어머니의 손맛 때문에 다른 집에 가서는 음식이 입에 맞지 않아 잘 먹지를 못했다. 우선 밥상차림이 깔끔하여서 시각적으로 보기좋고 청결해야 식욕이 당기였다.
지금도 문득 문득 생각나는 어머니의 소고기 무생채국은 하얗게 맑은 국물이 깨끗하고 깔끔하였다. 가을날 청국장의 깊은 맛은 잊을 수가 없다. 겨울에는 시원한 동치미 국물을 마시면 속이 뻥 뚫리는 기분이었으며, 서리태 검정콩이 듬성듬성 박힌 하얀 쌀밥에 생계란 노른자를 넣고 무청국장과 무생채를 넣은 비빔밥은 천하에 일미였다. 엄마의 손맛이 하도 기가 막히게 좋아 울 엄마표로 불러드리며 특허를 내셔야 된다고 할 정도였다.
음식타박을 않고 아무거나 잘 먹는 양코는 그중에서도

생파를 데쳐서 초고추장에 무친 파나물과 물오징어를 데쳐서 초고추장에 찍어 먹는 것 또 초간장양념에 생굴을 버무린 굴 무침을 좋아해서 자주해 주셨다.
어려서부터 어머니의 손맛에 길들여진 양코는 식욕이 왕성하여 찬밥인지 더운밥인지도 모르고 허겁지겁 먹다가 누가 옆에서 '찬밥이네' 하면 그때서야 '찬밥이구나!'하며 알뿐이지 구분하지 않고 잘 먹었다.
밥을 지을 때 가마솥에 나무를 때서 지은 밥과 냄비에 가스나 전기로 지은 밥과 맛은 확연하게 다르다. 그래서 우리어머니는 제아무리 귀찮으셨어도 가마솥에 나무을 때어 밥을 지어주신다. 아버지 여친이 와도 꼭 그렇게 대접을 하신다. 어머니는 가족을 위해서라면 늘 희생만 하시는 분이시다.

이때 천둥에 개 뛰어 들듯이 동네에서 입이 제일 무서워 민영방송 MBC가 별명인 아줌마가 오셨다.
"밖에 자가용인 있는걸 보니 손님이 오셨나 보네요. 아 아드님이 오셨군요." "안녕하세요."양코가 인사를 하자 엄마에게
"저 아들은 언제나 보아도 늠름하고 잘생겼어요. 형님은 복 받아서 자녀들도 잘되니 좋으시겠어요. 그런데 못 보던 저 아가씨는 누군가?"하기에

"대전에 같이 있는 직원이에요."하니 고개를 갸우뚱 하며 요상스런 미소를 의미심상하게 짓는다. 엄마는 안색이 변하셨다. 우리 집 뿐만 아니라 동네의 모든 소문을 지어내어 밖으로 퍼트리는 입이 싼 무서운 아줌마다. 교활한 것을 잘 아시는 엄마는 겉으로는 표를 내시지 않으시지만 속으로는 아이쿠 동내에 무슨 소문이 나돌까봐 전전긍긍 하셨다.

동네마다 남다른 사람이 하나씩은 꼭 있다.
MBC 방송같이 입이 싼 사람
늘 술에 취해 술주정 하는 망나니
노름만 잘하는 사람
가족에게 폭행하고 나가서는 싸우는 사람
가풍이 좋은 집안은 이런데 끼지 않는 혈통이 있는 집안이다.
그래서 그 집의 가장인 아버지를 보고 그 집 아들에게 딸을 보내려고 하고
그 집의 어머니를 보고 그 집에 딸을 며느리로 맞이하려고 한다.
DNA인 혈통은 변하지가 않아 피는 속일수가 없다.

어머니는 양코를 보자고 따로 부르시더니 아무것도 모

르시는 것으로 알았던 어머니께서

"너는 아버지를 닮아서 여자들이 많이 따르니 여자들을 울리거나 버려 놓지 말거라. 저 처녀도 너를 따라서 여기까지 온 걸보니 네가 하기에 달렸다."

"네 어머니. 그리 하겠습니다. 아버지는 어디 가셨나요?"

"오늘 지방의회 위원회 모임이 있어 나가셨으니 오시기 전에 빨리들 가거라. 집에 가서는 직원 데리고 고향에 왔었다고 하면 부부싸움이 나니 너 혼자서 다녀왔다고 하거라." 어머니는 다 큰자식을 강가에 내놓은 아이처럼 여기셨다.

"네! 괜히 어머니 걱정되게 해드렸네요."

"아니다 엄마 걱정은 말고 여자들 조심하여야 된다. 특히 임자 있는 유부녀 거나 돈을 노리는 꽃뱀들에게 걸려들면 송사에 말려든다. 아내나 아이들에게 까지도 고개를 못 들게 되고 위엄이 무너져 가장노릇을 못하게 된다."

"네 명심하겠습니다."

"그리고 인천 작은집에 골드는 잘 크고 있니?"

"네 호적하고 족보에까지 올리고 잘 크고 있어요."

"그래 잘하였다. 서운하게 해주지 말고 늘 보듬으며

잘해주어라"

"네 어머니 고맙습니다."

"자 그러면 어서 가 보거라"

"네! 미경씨 어머니께 인사하고 출발 합시다."
미경은 어머니의 팔뚝을 감싸 않고 애교를 떨며

"어머님 잘 먹고 가겠습니다. 건강하세요."

"그래요 일 잘하고 있다 봄이 되어 복숭아 철에 또 한 번 와요."

"네 알겠습니다."

어머님을 작별하고 나오니 미경은 차속에서

"어머님이 뭐라고 하셨어요?"

"왜 흉보았을까봐 궁금해요? 미경씨 보고 얌전한 색시니 버려놓지 말고 잘 데리고 있으라고 훈계를 하셨어요. 늘 합리적이고 인자하신 말씀이지요."

"저의 과거를 아신다면 충격을 받으시겠네요. 좋으신 어머님께 실망시켜 드려 어떻게요."

"미경씨 어머니도 뵈었으니 이제 어디로 갈까요?"

"저는 온양에 올 일이 없어 말만 들었지 한 번도 온 적이 없어요. 온양온천 구경 좀 시켜주세요."

"아 그래요. 한 번도 온 적이 없어요? 네 그러면 저 산을 넘으면 도고온천에
박정희 대통령 별장이나 순천향 대학을 지나 신정호수를 보고 현충사로 가요. 그리고는 서해바다 아산만에 조개들 천국에 가서 저녁식사를 하고 아산온천 에서 자요."

"어머 오늘 제가 너무 호강을 하네요." 미경은 좋아한다. 양코는 박사답게

"연애는 이런 맛에 하는 거예요."
"이런 추억은 평생을 잊혀 지지가 않는다는데 고이고이 간직할게요."

"그래요 연인들 사이에 과거의 추억에서 같이 여행한 추억은 가장 잊혀지지 않는 다고들 하니 떡본 김에 제사 지낸다고 고루고루 내일까지 구경시켜 줄게요."

연휴 이틀간의 스케줄을 나열해주니 미경은 원님덕분에 나팔 분다는 격이다. 임도 보고 뽕도 따고, 도랑치고 가재 잡게 생겼으니 마냥 흥분이 되어 상기된 얼굴로 유난히도 흰 얼굴이 붉게 물들어 있었다.

"온양 까지 왔으니 커피라도 한잔하고 갑시다." 하며 차에서 내려 미경의 손을 잡고 커피숍으로 가는 길에 뒤에서

"어이 양코" 하며 부르는 소리가 들렸다. 뒤돌아보니

초 중 고등학교 때 키가 가장 컸던 장길이라는 친구였다.

"야아 친구 오랜만이네"하며 악수를 하니 친구는 새끼 손가락을 세워서 까닥 거리며 애인이냐는 뜻으로 눈을 찡긋한다. 양코가 그렇다고 고개를 끄덕이니 부러운 듯이 옆에 있는 미경을 힐금 쳐다보고는

"양코 다음에 오면 꼭 우리약국에 들려"하면서 멋쩍게 웃고는 헤어졌다.

남자들은 여친 있는 친구를 보면 흉을 보는 친구보다는 부러워하는 친구들이 더 많다. 그래서 여자 좀 소개시켜달라는 부탁도 받게 된다. 4권 썸싱편에서 나 하나가 엄마의 남친을 소개해 달라고 하여 해주었더니 그 뒤로 입을 싹 씻고 언제 그랬냐는 듯이 연락도 없다. 사람의 심리는 목말라서 물 달라고 할 때 다르고 물마신후 갈증이 해소되면 또 다르다.

커피숍에서 아메리카노를 마시면서도 입이 무거운 미경은 좀 체로 말이 없다. 겨우 묻는 말이

"방금 그 친구 분 약국 하는 친구신가 봐요." 그것뿐이다.

"자 이제 충무공 현충사로 가볼까요?"하니 미경은

"수학여행 오려다가 학생들이 수학여행 철에 버스사고가 많이 나서 취소되어 그때 기회를 놓쳐 못 와봤어요. 추억에 남게 되었네요."

"약20분 정도 가고 맹 정승댁, 윤 보선댁 박물관은 시간이 없어 안갈 거예요."

맹사성은 세종대왕 때 왕 영의정으로 18년을 지냈으며 청렴결백한 인물이었다. 지붕이 새어 방안에 빗물이 들어왔을 정도로 허름한 집에서 생활했으며, 충청도 양반답게 점잖고 효성도 지극하였다. 인품도 글을 많이 읽어 어질고 너그러운 분이었다.

성질이 사나운 사자는 12년밖에 못살지만 거북이처럼 느긋하고 온순하면 200년을 살듯이 욕심이 없고 온순한 맹사성은 80세까지 천수를 누린 학자이며 멘토로 삼을만한 인물이시다.

9. 남녀사이는 누구도 모른다.

 온양온천의 대표적 관광지는 온양온천과 이충무공 묘가 있는 현충사다. 온천수는 백제 때부터 내려오는 한국에서 가장 오래된 온천이다. 온천수는 지하 150M속에서 솟아나와 44도 57도까지 뜨겁다. 혈관, 피부병, 위장병, 부인병에 효험이 있다고 하여 많은 관광객이 다녀가는 곳이다.
태조 이성계, 세종대왕, 세조, 영조, 정조가 다녀간 곳이기도 하다. 가족탕은 2인기준 1인당 만원씩 2만원이며, 3시간동안 즐길 수가 있다. 숙박할 사람은 가족탕에 들어갈 필요가 없다. 온천수 3곳에서 솟는 물을 모텔에 관을 설치하여 공급해주기 때문에 저녁에 모텔에서도 목욕을 할 수가 있기 때문이다.
지금은 종로3가 파고다공원에서 2시간이내에 가는 전철이 있다. 65세 노인들은 왕복차비가 무료이므로 공원에 가지 않고 돈 만원을 가지고 온양온천에 간다.

점심과 목욕을 할 수가 있기 때문에 많이들 몰린다.

그리고 현충사는 이 순신장군이 어린 시절 살아왔던 고택이다. 그 후로 종손들이 살아오다가 현충사로 성역화 된지가 50년 전으로 얼마 되지 않았다.

충무공 이순신이 어린 시절 활을 쏘고 연습을 할 때는 임금님이 북쪽 한양에 계시므로 남쪽을 향하여 활을 쏘았다.

방화산은 말을 달리던 치마장이라는 곳이 다. 이순신은 이곳에서 10년간을 연마하였다.

1576년 선조9년 4월28일에 탄생하여 매년 탄생일에 탄신제를 지내고 있다. 32세에 무과에 급제한 이순신은 임진왜란 8년간에 전쟁에서 많은 공적을 세워 최고의 영웅으로 탄생되었다.

싸움은 정신력이다. 절망할 줄을 모르는 이순신은 살려 하며는 죽을 것이요 죽으려 한다면 살수가 있을 것이다. 라는 명언을 남기기도 하셨다.

정신무장이 완벽한 이순신은 신하에게 아직도 12척의 배가 남아있다고 하며 왜군의 300여척의 배를 12척의 거북선으로 승리를 거두어 임진왜란을 승리로 이끄는 데 큰 공을 세웠다.

미경은 구경을 잘했다면서 인사를 한다. 양코는 미경과 함께 현충사 나들이를 끝내고 나서 저녁노을이 지는 서해바다를 보러 아산만으로 향했다.

우선 저녁식사를 하러 방조제로 가니 입구에서부터 조개사랑, 벌린조개, 조개나라, 조개천국, 조개마을 등 가게가 너무나 많았다. 이름이 모두 다 좋으니 어느 집으로 들어가야 될 줄을 몰라 망설였다.

미경이 주차하고 20여 곳 중에 <조개들의 아우성>이란 곳으로 정해 휘장을 헤치며 머리를 들이 밀었다. 자욱한 연기 속에서 조개 타는 냄새가 가득했고 조개들이 탁탁 튀는 소리는 살려달라는 아우성을 연상케 하였다.

미경은 조개구이를 처음 먹어본다며 고슙고 맛있다며 장갑을 끼고 부지런히 까먹었다.

"이제 식사를 해야지요?"

"밥은 안 먹어도 되겠어요." 하더니 양코가 손을 씻으러 화장실에 다녀오는 사이에 5만원을 카드로 결제하고 있었다.

양코도 소식주의자이기에 식사는 거르고 아산온천으로 가기위해 식당을 나왔다. 온천으로 들어서니 여기는 모텔 천국이었다. 현란한 네온사인들은 손님을 유혹하느라 깜박이며 손짓을 한다. <청사초롱>모텔로 차를 주차하고 오늘 하루의 긴 여정을 마치기로 했다 이젠 둘만의 세계다.

미경은 두 번째 이니 망설임도 없이 각오하고 있는 듯 하였다. 아니 미경이 더 바라고 기다리는 것이었다. 청사초롱의 밤은 찐하였다. 양코의 진수를 보여주자 그녀는 목을 쾍쾍 거리며 소리를 너무 질러 목이 아프다고 한다.
"신음소리가 시끄럽다는 소리를 별천지 모텔에서 들어서 창피한데도 고쳐지지가 않아요. 오늘은 더 커진 것 같아요. 지난번에는 이렇게까지는 목이 아프지 않았는데... 이제 나는 어떡해요. 대표님이 찾지 않으시면 나는 못살 것 같아요. 나를 멀리하시는 건 아니죠?"하니 낮에 어머님이 얌전한 저 여자를 버려놓거나 울리지 말라는 말씀이 주마등처럼 지나간다.

남자 없이는 하룻밤도 넘기기가 힘들어 하는 미경이 같은 특이체질의 여자들이 의외로 많았다. 미경은 남자의 애무도 필요 없는 옹녀다. 오르지 단순한 삽입만으로도 지속적인 오르가즘에 큰 절정을 지속적으로 느끼는 색녀다.
사내의 입술이 귀밑에 긴 목줄기라도 닿을라치면 때굴 때굴 굴러 어쩔 줄을 모른다. 혀를 말아 귀속에 드릴 처럼 밀고 들어가려고 하면 기절을 하였다가 한참 만에 깨어난다. 가랑잎이 바람에 날아가는 것만 보아도 가슴이 오므라 들고 아래에서는 애액이 줄줄 흐른다는 그녀는 천상에 명기였다.
열길 물속은 알아도 한길 여자 속은 모른다는 속설이기도 하다. 누가 그녀의 외모만 보고 얌전하기만 하다고 하지 천하에 요녀라고 누가 하겠는가! 잠자리를 같이 해보지 않고는 알 수가 없는 여자에 몸이었다. 양코 역시도 그녀를 살펴만 봐왔기에 백문이 불여일견이였다.
미경의 몸을 안아본 남자야 만이 그녀의 진가를 알 수가 있다. 절대로 남자 없이 독신녀로는 살아 갈수가 없는 여자다.
그동안에 여자 중에 여자인 세 여자 모두다 30대 독신녀들 이였다.
1. 일본에 쓰미꼬
2. 탤런트 홍로즈
3. 대전에 도미경
다음 6권에 나오는 핫하나 역시도 30대로 이혼한 독

신녀다.

가는 사람이 있으면 오는 사람이 있는 법 벌써 홍 로즈가 캐나다로 이민을 떠난 이후 잊혀가고 있었고 그 대타로 도미경이 등판한 것이다.

톱 탤런트 홍 로즈가 특수신분 이었다면 도미경은 보통신분으로 자유롭고 인간미 냄새가 풍성하여 좋았다. 양코는 숨은 보석과 같은 도미경을 늦게 알아봐서 후회가 막심하였다.

연인끼리 살을 썪을수록 사랑은 두터워지고 가까워지면서 역사가 이루어진다. 그렇게 정이 깊어져간다. 하룻밤 흔건한 땀을 질퍽하게 뒤범벅이 되고 나면 연분은 더욱 두텁게 쌓이게 된다. 그녀의 아침피부는 더욱 윤이나며 세상사는 즐거움과 행복감을 얻는다.

조선시대 며느리들이 고추보다 매운 시집살이에도 버티게 한 힘은 밤마다 기대되는 남편의 사랑이 있었기 때문이다. 세상을 다 얻은 듯 애틋한 남자의 사랑은 그 어떠한 시름도 모두 다 잊게 하고 만족한 극치감은 암도 이겨낼 정도다. 시련과 역경도 견뎌내게 하는 기쁨이다.

사랑이 없었다면 세상의 발전이란 있을 수가 없었을 것이다. 99세에 별세한 재벌도 일본에는 두 아내를 두었고, 한국에도 아내와 40세 연하의 손녀뻘 되는 애인이 있었다. 그는 여자 넷을 돌보기 위하여 능력을 발휘하였기 때문에 백수를 다하였다.

미경과 양코는 1박2일간 아산온천에 밀월여행으로 더욱 가까워졌다. 내일이 월요일이 아니라면 하룻밤을 더 보내고 싶었다. 양코는 고향이라 그러한지 마음도 편안하여 부담감을 느끼지 못하였다.
임자 있는 유부녀나 결혼안한 숫처녀였다면 마음에 빚이 되어 머리가 무거웠을 것이다. 잠자리를 거듭할수록 남녀사이는 임의로워지게 되어있어 얼굴이 두꺼워지는 것이다.
"대표님 다음 주 주말에는 어디가실건가요?"
"왜 다음 주에도 만나고 싶은가요?"
"네 매일 뵙고 싶지요. 일주일을 어떻게 기다려요."
"그러면 지금까지는 어떻게 지내왔어요?"
"그때는 몰랐기 때문이었는데 이제는 저를 완전한 여자로 만들어 놓아서 지금은 상황이 완전히 달라졌어요." 양코는 뜨끔하였다. 미경이 이쯤 되면 질투로 자신이 독차지하려는 단계로까지 진입하고 있었다.
"미경씨 이제 동생도 기다릴 터인데 일찍 집에 가야지요. 나도 고향에 다녀온다고 나왔으니 저녁보다는 낮에 일찍 들어가야 되겠어요."
"그렇지 않아도 동생이 언니 요즘 남친 생겼어? 하며 좋아해요. 이제 우리 언니도 결혼하게 생겼다며 뭐하는 형부냐며 궁금해서 미치겠데요. 언니 약속시간 늦겠어 빨리 서둘러 하면서 동생이 제 일같이 좋아해요. '혹시 나도 아는 사람이야 하면서 다녀와서 꼭 이야기 해줘' 하면서요.
'민경아 언니는 오늘도 못 들어올지 몰라 문단속 잘하고 자거라. 나중에 인사시켜줄 테니. 엄마 아빠에게는 절대로 이야기하면 안 된다 알았지! 만약에 엄마께 전화로 고자질하면 인사 안 시켜줄 거야.' 하며 입을 막아 놓았어요.

두 연인은 주말마다 만났다. 대전의 유성온천으로 계룡산에 산사로 운우지정을 나누기위해 자주 만나게 되니 그녀의 섹스는 경지에 올랐다. 용불용설 이라고 하면할수록 진도가 나가 쇠말뚝 같은 남성의 심벌이 몸속에 들어와 휘휘 저어가며 뱅글뱅글 돌려놓으면 나 좀 살려달라고 엉엉 울면서 매달렸다가는 조용해진다. 그래서 내려다보면 죽은 것 같아 깜짝 놀라게 된다. 겁이나 미경씨 미경씨 하며 흔들어 깨우면 그때서야 "후유 하면서 천당이 이런 데인가 봐요."하며 천연덕

스럽게 말한다.

"아니 사람을 그렇게 놀라게 하는 법이 어디 있어요. 복하사 한줄 알았어요."

"복하사가 뭐에요?"

"남자 배아래서 여자가 섹스하다 죽는 게 복하사지 뭐에요. 남자가 여자 배위에서 죽는 거는 복상사이고요."

"무서워요. 그런 일도 있어요? 그럼 나는 어떡해요. 저도 가끔은 이러다가는 죽을 수도 있다는 생각이 들었으나 말씀은 안 드렸어요. 색꼴이라고 흉보실 가봐서요. 앞으로는 1단계로만 밋밋하게 밀어 넣어주세요. 3단계 5단계까지 자극을 주시면 나도 복하사 할 것 같아요. 하여튼 최상의 남자세요. 저을 죽음에 문턱까지 몰고 갔던 그런 명품 테크닉을 다른 여자도 경험해 보면 어떤 여자도 죽어도 여한이 없다고 하겠어요. 그러니 눈만 뜨면 대표님 얼굴이 떠오르고 보고 싶어요. 이름이 생각나면 달려가고 싶어 미치겠어요."

"이제 미경씨는 하룻밤도 남자 없이 살수가 없을 것 같으니 결혼을 해야겠어요."

"싫어요. 제 몸을 저 아래 밑바닥까지 다 가르쳐 주시고 결혼을 하라면 어떡해요. 결혼한 새신랑이 단번에 실력을 알아차릴 터인데 어떻게 숨겨요."
"소리 내지 말고 꾹 입을 다물고 인형처럼 누워만 있어요."
"어떻게 그렇게 해요. 남자들은 첫날밤에 다들 안다는데요."
"그렇지가 않아요. 춤을 심하게 추거나 자전거를 타거나 격렬한 달리기운동 시에도 처녀막은 파열 되요. 자위행위 시에도 손상되어 그런 줄 알고 속아 넘어가니 염려 말아요."
"그래도 저는 결혼은 안 할래요. 사모님께는 죄송하지만 대표님 같은 남자는 만날 수가 없을 것 같아요. 저는 대표님만 바라보고 살래요."
"나는 가정도 있고 나이차이도 있어 미경씨가 결혼하면 축하해줄 거예요." "매달리지 않을게요."
"과거가 정 두려우면 재혼할 남자라도 하세요."
벌써 미경과의 깊은 관계가 몇 개월 되어갔다.
"대표님, 제가 몸이 이상해요."
"그게 무슨 말이지요?"
"매월 규칙적으로 하던 멘스가 2개월째 못하고 있어요."
"그러면 임신테스트기나 병원을 빨리 가봐야지요."

"대표님과 별천지에서 첫날밤을 보낸 그날 임신이 된 것 같아요. 로열젤리와 마카의 위력이 그렇게 좋은 거예요?"
"맞아요. 불임증 여자에게 좋고, 남자들 정자증가에 그렇게 좋다고 하더니 그런가 봐요."
"어떡해요. 엄마 아버지도 집에 들어오실 때가 되었는데 늦가을 서리가 내려 국화꽃이 시들면 백통의 꿀벌통을 거두어 채취한 꿀을 트럭에 실어서 집으로 오시거든요. 대표님 부모님이 오시기전에 도망가요. 부모님이 아시면 병원에 끌고 가서 수술시킬 터인데 저는 아기를 낳을 거예요."

이때부터 양코는 걱정이 태산 같았다. 여자만 건드렸다 하면 첫날밤에 임신이 되었으니 축복이 아니라 수난이다. 참으로 세상은 고르지가 못하다. 양코는 분에 넘치는가 하면 어떤 남자는 무정자증으로 씨를 남기지 못하니 마카와 로열젤리를 권하고 싶다.
"미경씨 꼭 병원에 다녀와서 연락을 해요. 영등포 사무실에서 기다릴게요."

다음날 퇴근시간 때에 미경으로부터 전화가 왔다.
"거봐요 날짜를 짚어보니 별천지 갔던 날이 맞아요.

임신이래요. 엄마 오시기 전에 어디로 가야겠어요."

"안 돼요 미경씨 중절수술을 해야 돼요. 내가 내려갈 테니 수술을 하세요."

"수술하는 일이라면 내려오시지 마세요. 대표님을 만나주지 않을 거예요. 저는 아기를 낳고 결혼도 않을 거니 나만이라도 부모님 모르는 데로 자리를 옮겼다가 아기를 낳은 후 만날 거예요." 와 갈수록 태산이었다.

미경은 그 뒤로 결근하면서 전화도 안 받고 연락도 오지 않았다.

금고에서 직원들 이력서를 꺼내어 집으로 찾아가려고 대전으로 밤에 내려가고 있었다. 대전 도마동은 처음이었으나 내비게이션으로 쉽게 찾을 수가 있었다.

어! 깜짝 놀랐다. 2.5톤 트럭 한대가 꿀벌 통을 높이 가득실어 놓은 채 집 앞에 서있었다. 틀림없이 미경이 부모님이 하산하여 돌아오신 게 맞았다.

이럴 때 이러지도 저러지도 못하니 참으로 난감하였다. 운전대에 엎드려서 한참을 생각해 보았으나 답이 안 나왔다. 궁리 끝에 부 원곤 과장을 사무실로 나오라고 불러내었다.

"지금 내려 오셨어요? 대표님이 밤중에 무슨 일 있으

세요?" 밤중에 차를 몰고 나와서 의아한 듯이 묻는다.

"과장님도 도 미경 센터장과 나 사이의 관계를 알고 있지요?"

"아 네 그럼요. 우리 집 애기엄마도 대표님은 여자들이 잘 따라서 여자등살에 힘드실 거라고 하던걸요."

"아 그랬군요. 그나저나 팀장이 아기를 가졌다고 하는데 중절수술을 안 받는 다고해서 내려왔어요. 연락도 안돼서 집에 가보았더니 부모님이 어제 산에서 내려와 계신 것 같아요. 그러니 과장님이 폰을 해보세요. 팀장님이 오늘 결근을 해서 전화하는 거라고 하세요."

"휴대폰이 꺼져 있는데요."

"그래요 모든 것을 다 알게 되어 사단이 난 게 분명하네요."

양코는 배짱도 좋았다. 결자해지(結者解之)라고 자신이 저지른 일은 자신이 해결하여야지 여자에게만 고통을 주어서는 안 된다는 생각에 그길로 호랑이굴인 미경의 집으로 찾아들어갔다.

회사대표라니까 대뜸 여기가 어디라고 오냐면서 미경이 엄마는 빗자루를 들고 패대기를 시작하는 것이다. 미경이 부모님께 곧이곧대로 털어놓은 것 같다. 미경의 아버지는 흥분하여 앞뒤를 가릴 것도 없이 경찰서를 가자며 양코와 부 원곤 과장과 함께 셋이서 차를 탔다.
원곤도 순진하여 경찰서를 가면 큰일이라도 나는 줄 알고 벌벌 떨며
"좋게들 해결 하시지요"하며 사정을 하니 미경의 아버지는 산(山) 사람인지라 법을 잘 몰라 혼 좀 나보라면서 기세가 등등하였다. 양코는 죄가 될 수 없다는 것을 아니 태연하였지만 그러나 미경의 아버지의 흥분을 가라앉히기 위해서는 그가 하는 대로 순순히 받아주었다. 양코의 인생 처세술에서도 상대방이 화가 나서 대들 때에는 맞서지 말고 져주어라 지는 것이 이기는 것이며 그 사람을 타고 넘는 것이라고 했다. 결국엔 대들지 않고 화를 가라앉히는 사람이 이긴다.

밤이라 경찰서에는 숙직 형사뿐이었다.
"늦은 밤인데 어떻게들 오셨습니까?" 미경이 아버님이 기세가 등등하게 큰 소리로
"여기 키 큰 사람을 처벌 좀 해주세요."
"고소장은 가져 오셨나요?"
"아직 쓰지는 못했소."

"그러면 우선 무슨 죄인지 말씀부터 해보세요."
"유부남인 이 사람이 저의 집 딸을 데리고 있으면서 신세를 망치게 버려 놓았어요. 아이까지 갖게 만들어 놓았으니 단단히 혼 좀 내주세요." 형사는 다 듣고 나더니
"따님이 몇 살인데요?"
"30이 넘었어요." 형사는 어의가 없어 피식 웃더니
"강간으로 성폭행한 것도 아니고 둘이서 좋아서 한 것이니 그게 무슨 죄가 돼요 죄가 안 돼요. 나가 보셔요."
"죄는 이사람 아내분이 소장을 내면 가정파탄 죄로 댁의 따님이 손해배상을 물어주어야 해요."
미경 아버지는 코가 납작하여 뒤돌아서는 것을 양코가 부여잡고
"미경이 아버님 제가 잘못하였습니다. 죄송합니다." 봉투를 내밀며
"수술비라도 하세요."했더니 그는 봉투를 휘익 낚아채듯 하더니 돌아섰다.
"원곤씨 아버님 좀 모셔다드려요"하니
"일없어" 하면서 택시를 잡아타고 가셨다.
"앞으로 부과장님이 대전센터를 인수하세요. 제품 재

고파악을 하시고 제품 대금 원가만 매월 나누어서 입금하세요."하니

"정말 이세요."

"그럼 정말이지요. 그 대신 미경씨가 임신중절수술은 하였는지 틈틈이 알아서 연락 좀 해주세요."

"네 그럼요 대표님께 일일이 보고해 드릴게요."

"이제부터는 직원이 아니라 대전대리점 사업자를 내니 대표에요."

양코는 미경에게 속죄하는 의미에서였다. 대전센터가 계속되어야 또 만날 수가 있기 때문이다. 부원곤은 판매거래처까지 손쉽게 인수해서 아파트까지 사게 되었으니 사장님이 은인이라면서 평생을 잊지 못하겠다고 맹서를 한다.

부모님께 미경은 휴대폰도 빼앗기고 머리도 박박 삭발된 채 양코를 또 만날까싶어 문밖에도 못나가게 감금당하고 있다는 소식을 들었다. 여자는 자기 몸에 첫아이를 갖게 되면 죽으면 죽었지 임신중절수술만은 하지 않으려고 한다.

미경도 부모님의 끈질긴 설득에 굴복하면서 여자의 일생을 실감하게 된다. 부모님은 중절수술을 시킨 후 서

둘러서 청주로 결혼을 시켰다는 소식이 들려와 축복을 빌어주며 남녀 간의 로맨스는 짧게 막을 내리게 되었다.

급하면 양코와 미경은 때로는 사무실 안채에 창고로 사용하고 있는 방에서도 정사를 나누었다. 창고 방 옆 방에서는 건물주의 며느리가 기거하고 있었다. 건물주인 시어머니는 젊은 며느리하고 둘만이 살고 있었다. 외아들인 남편은 어머니가 건물이 몇 개씩이나 되니 일도 하지 않는다.
하는 일이 없이 돈만 쓰고 다니며 한번 집을 나가면 몇 달 후에나 집에 들어온다. 젊은 아내는 독수공방(獨守空房)이다 보니 오감이 예민해져 야릇한 신음소리 쪽으로 지남철처럼 따라 창고 방 문 앞에까지 와서는 머물렀던 것이다. 그리고는 미경의 흐느끼는 소리에 귀를 기울이며 숨소리를 죽이고 문틈사이로 들여다보았다. 창고방 안에는 형광등 불이 환히 켜진 상태로 두 남녀의 정사를 생으로 비디오 보듯 감상하니 숨이 턱턱 막혀 자신도 모르게 흥분이 되었다.

미경은 장소를 가리지 않고 양코가 옆구리를 찌르며 신호를 보내면 장소불문하고 하시라도 응해준다. 때로는 창고 방이 아닌 사무실매장 의자에서도 했다. 그때마다 며느리는 양코와 미경이 있는 것만 보면 귀를 쫑긋 세우고 호시탐탐 기회를 엿보았고 쏠쏠한 재미를 봤다. 관음증은 한번 맛 들리면 중독이 되어 계속 훔쳐보게 된다. 양코는 며느리가 보고 있는 것을 전혀 모르고 있었다.

사업체를 인계인수 시키느라 며칠 있는 동안에 안채로 화장실을 보러가니 며느리가 환하게 웃으며

"아가씨가 안보이네요. 그만두기라도 했나요?"

"네 결혼하게 되었데요. 앞으로는 과장님부부들이 인수받았으니 잘 부탁드려요." 둘러댈 말이 없어 형식적으로 답했다. 그러더니 며느리는

"그러세요. 제가 드릴말씀이 있는데요."

"아 그러세요. 무슨 말씀인데요?" 하니 쭈뼛거리며

"여기에서는 좀 그러네요."

"그래요! 그러면 커피숍으로 나가시지요."

"보는 눈이 있으니 먼저 나가 계세요. 제가 곧 따라 갈게요."

양코는 별의별 생각이 다 들었다. 사무실을 빼 달라고 하나 하고 먼저 나가서 기다리니 며느리가 화장을 새로 하고 나왔다. 앞자리에 앉아 있으니 정말로 예뻤

다. 커피 향을 맡아가며

"며느님은 아기가 아직은 없나 봐요? 그래 무슨 말씀이신지 궁금하네요." 하니

"하늘을 봐야 별을 따지요" 하며 스스럼없이 말을 한다.

"참 남편 분은 한번밖에는 뵙지 못하였는데 어디 가셨나요?"

"한 번 나가면 오지를 않아요."

"아 그래요. 괜히 물어보았네요."

"아니에요. 제가 뵙자고 한 것은 당돌하다고 생각하지 마시고 곧 이혼할거니 좀 도와주세요."

"그게 무슨 말씀이세요?"

그녀는 양코가 독신자로 미경의 애인 인줄로만 알았다가 미경이 결혼을 한다고 퇴사를 하였다니 몇 년간 양코를 봐왔기에 연정을 느끼고 있었다는 것이다. 젊은 며느리는 밥만 먹고는 못살겠다는 의도였다.

"드릴말씀도 남아있고 맨 정신으로는 말씀을 못 드리겠네요. 술 한 잔 하실래요?"

"그러지요 그런데 술을 잘하시나요?"

"술을 전혀 못 하였는데 결혼한 게 후회되어 매일 밤 술로 살아요. 죄송합니다. 저의 추한 모습만 말씀드려

서..."

레스토랑 빠로 옮겨 양주 몇 잔을 연거푸 마셔 취하자 그녀는 속내를 드러내었다.
"사장님 사장님께 죄를 많이 지어서 속죄하려고 뵙자고 한 거예요." 양코는 들을수록 궁금하였다.
"무슨 죄를 지으셨다는 건지 알아듣게 말씀 좀 해보세요."
"여자로서는 술이 취했는데도 입이 안 떨어지네요. 죄송해요."
그녀는 눈에 보이는 게 없이 양코에게 추파를 던지고 있었다.
"그런 게 어디 있어요. 어떠한 것도 탓하지 않을 테니 개의치 말고 모두 말을 하세요." 그녀는 양주를 스트레이트로 마시더니
"죄송해요 안볼 것을 보아서... 그래서 저의 마음이 흔들려 참을 수가 없었어요."
"무엇을 보셨기에 마음이 흔들려 여기까지 이렇게 나오셨다는 건가요. 네?" "정말 죄송해요. 두 분이 연애를 할 때 마다 모두 다 보았어요."
"네! 뭐라고요? 정말이에요? 어떻게 보았다는 건가

요?"

그녀는 이미 자세가 모두 다 흐트러져 무너지고 싶어 하였다. 미경의 신음소리에 이끌려 문틈으로 모두 다 본 관음증 범죄자였다. 남의 성생활을 훔쳐보는 것도 관음죄에 해당하는데 죄를 시인하고 있었다.
양코는 그녀의 유혹을 훤히 꿰고 있었다. 30대 과부는 참을 수가 없어 바늘로 허벅지를 꾹꾹 찔러가며 독수공방을 보낸다고 한다더니 사내의 꽂임을 맞아보고 싶어 하니 모르는 체 야박하게 지나친다면 남자도 아니잖은가.
"이제 술을 그만하고 드라이브나 합시다. 며느님!"하니
"며느님이 뭐에요! 제 이름은 정 인숙에요."
"인숙씨 유성온천으로 갑시다." 고개를 끄덕이는 인숙을 택시에 태우고 온천장 앞에 내려 어깨를 나란히 하며 운우지정(雲雨之情)을 나누러 들어섰다.

정인숙은 배꼽 밑의 일에 대해서는 관대했던 박 정희 대통령시절 희대에 요녀와 같았다. 그녀는 정권실세들의 사내들을 다잡아먹어 아들하나를 낳았으나 누구의 아들인지를 몰라 그녀의 배위에 올라탔던 사내들끼리

다툼이 있었다. 육 영수여사는 남편에게

"세상에 떠드는 소문을 들어 보셨나요?" 박대통령은

"그게 무슨 소리야?"하니

"정 인숙이라는 여자가 당신아들을 낳았다는 소문 말이에요."

"임자 쓸데없는 소리마."

그 아이는 당시 경호실장 박종규 아들이라는 말도 있고, 국무총리 정일권이 아들이라는 설도 있었다. 한동안 이슈가 되어 세상이 시끄러웠다.

남자를 녹이기 위하여 치아까지 모두 빼고 틀니를 하였던 정인숙의 수첩 전화번호에는 박정희, 정일권, 박종규, 이후락, 김형욱과 재벌들까지 당대에 최고의 실세들 이름이 나왔다. 처녀의 몸으로 아들을 낳은 스캔들은 미국에 까지 이슈가 되었다. 그러다가 한강변 둑에서 정인숙의 기사였던 친오빠가 젊은 여동생 정 인숙을 운전 중 가문을 더럽힌다고 권총으로 사살하고 말았다.

미국 신문에도 정일권과 함께 사진이 실렸고, 사랑은 눈물의 씨앗이라는 노랫말처럼 씨 도둑은 못한다고 정일권총리와 꼭 닮아 인정이 되었다. 정인숙의 오빠 정종욱이 정총리를 찾아다니며 돈을 받아내었고 정인숙의 아들은 외할머니가 키웠다. 미국에서 자라다가 귀국한 정인숙의 아들 정성일은 자신을 아들로 인정하지 않았던 아버지 정일권을 상대로 재판도 하였지만 받아들여지지 않았고, 어머니를 살해한 외삼촌 정종욱에 대해서는 유야무야 역사 속으로 사라지고 말았다.

그 정인숙과 이름이 같은 대전에 며느리 정인숙은 관음증 때문에 양코에게 사죄하는 마음으로 유성온천까지 왔다. 빚을 갚는다는 마음이었지만 오히려 자신이 진정한 여자가 된 것을 실감하게 되었다.
결혼 후 생과부로 지내던 정인숙에게 양코는 뜨거운 맛을 보여주기로 하였다. 그녀의 아래 터널을 향하여 민대가리로 질속주름을 문질러대며 쉴 새 없이 질주하였다. 마치 용감한 장군이 적진에 뛰어들듯 좌우로 돌파하였다.
그리고 이어서 산악을 질주하는 야생마처럼 즉시 돌입하다가 파도를 타는 갈매기처럼 질속 깊숙이 넣었다. 빼고 낟알을 가로채는 참새처럼 얕게 넣었다가 휘휘 저서 놓더니 강물에 굴러가는 돌덩이처럼 좌우로 큰놈으로 빙빙 돌리며 과격하게 격파하니 정인숙
"아~아~아이 좋아. 나를 죽이려고 그래요?"하면서 그

녀의 손톱은 사내를 으스러지게 감싸 안으며 등짝을 후벼 파며 들어오고 있었다.

뱀이 구멍에 스르르 들어가듯 하더니 주름에 자극을 강하게 주기 위하여 놀란 쥐처럼 빠르게 뛰어든다. 날쌘 토끼를 낚아채는 독수리처럼 맴돌다가 과격하게 때려 부순다. 거친 풍랑이 파도에 넘실거리는 큰 배처럼 위로 세웠다가 아래로 찔러 볼트와 넛트가 빙빙 돌려 박듯이 원을 그리며 들이민다. 그녀의 터널을 서울, 부산, 대구, 광주까지 쿡쿡 역 삼각형으로 질 천장까지 찔러대고 그녀의 왕성하게 발기된 음핵을 양코의 대가리로 툭툭 건드리기 까지 하니

"여기가 어디에요. 살 꺼풀이 벗겨지고 시큼시큼해서 못살겠어요. 이렇게도 좋은걸 나는 아아 이제 어찌해요.

그녀는 새벽녘에 시어머니가 계신 집으로 돌아가고 양코는 온천장에 더 머물렀다.

3권으로 이어집니다.

부 록

꼭 읽어야 할 보석 같은 정보 마카

세계 선진국들을 놀라게 한 신비스러운 파워 마카는 최근 미국, 일본, 유럽 등 전 세계에 폭발적인 인기를 모으고 있는 21세기의 神草가 바로 마카이다.
마카는 해발4,000미터가 넘는 안데스고원의 가혹한 기후와 환경조건에서 자라는 약용식물로 '안데스의 산삼' '천연비타민의 보고' '기적의 불임치료 식물'등으로 불린다. 거기에다 마늘, 굴(인) 호르몬 생성식품 31종이 첨가된 발효식품이 파워 마카이다.
현대인들의 최대관심은 '잘 먹고 잘 살자'를 넘어 건강과 성공의 두 마리 토끼를 잡는 것.
곧 성력(性力)을 우선으로 하는 시대다. 그렇다보니 건강에 좋다면 어떤 먹거리도 마다 않을 태세다. 도가 지나쳐 몬도가네식 먹거리도 여기저기에서 유혹한다.
무엇을 먹어야 살 안 찔까? 성인병에 안 걸릴 수는 없나? 나이 들면서 점차 고개를 숙이는 정력, 갱년기가 무서워지고 병원에 가보면 고생만 실컷 하고 결국 외롭게 병치레하다가 죽는 건 아닐까? 등등 현대인의 건강에 대한 스트레스는 그것 자체로도 하나의 질병이 되고 있다. 먹거리 하나만 몸에 좋다면 두 배 세배 값을 치르고라도 먹지만 그 효과는 찜찜한 것뿐이다.

여기에서 잘 먹고 잘 살자는 것은 무얼까? 그것은 쉽게 말해서 정력이 있느냐, 곧 성적능력을 유지할 수 있느냐로 압축할 수 있다. 성력이 강한 사람치고 건강하지 않은 사람이 어디 있는가. 건강하지 않으면 성기능을 유지할 수 없다는 것은 누구나 아는 사실. 따라서 나이가 들어서도 정력을 유지하고 효과적으로 기능할 수 있다면 건강하다 할 수 있는 것이다. 그래서 모두가 정력, 정력 하는 것이다.

그런데 고대인들이나 조상들의 성 능력은 어떠했을까? 아마도 오늘날처럼 호들갑스러울 정도로 약하진 않았을 것이다. 먹거리가 넘쳐나고 생활도 윤택해졌다면서 왜 현대인들은 옛날사람보다 성력은 떨어지는 걸까? 바로 스트레스와 잘못된 식습관에 의한 성인병, 환경오염 등 성력을 위협하는 것이 많아진 때문이라고 전문가들은 진단하고 있다. 찬란한 잉카문명을 건설했던 잉카족들은 해발 3,000미터 이상이나 되는 고원에서 살았다. 고원지대는 희박한 산소, 낮의 강한 햇빛, 밤의 영하를 넘나드는 차가운 기온, 거센 바람, 척박한 땅 등 무엇 하나 사람이 살기에 적당한 환경이 아니다. 그런데도 잉카족들의 체력은 강건했고, 여성들의 피부는 탄력이 있었다고 한다. 그 이유는 무엇일까?

바로 마카였다. 그리고 아이러니하게도 잉카는 마카 때문에 스페인 군대에 정복당한다. 잉카의 후예인 페루에서는 마카를 밥의 대용인 주식으로, 레스토랑의 일류 요리로, 가루 형태로 우유나 주스에 넣어 마시는 음료로, 요리의 조미료로, 아이들의 영양 간식 등 다양하게 사용되고 있다. 이제 (벌써) 유럽이나 미국, 일본, 러시아, 중국 등에서 21세기의 신초, 마카 붐은 대단하다. 정력제는 물론 건강식품으로 널리 사용되고 있는 것이다.

이제 우리나라에서도 마카를 맛볼 수 있게 되었다. 페루정부가 보증하고 우리나라의 식품의약 안전청의 엄격한 심사를 통과하여 시장에 나오게 된 것이다. 또 한국 내 유명대학과 식품연구소의 생 약초개발팀은 이미 '안데스의 산삼'으로 마카를 주목하고 활발한 연구 활동을 벌이고 있다.

마카의 등장은 현대인들의 성적능력을 높이는 것은 물론 성인병, 불임, 갱년기 장애등의 고통으로부터 벗어날 수 있는 기적의 약초로 널리 알려지게 되었다.

게다가 섹스회수가 한 달에 한 번 이하의 섹스리스 가정이 늘고 있는 우리나라의 남성들과 여성들에게도 좋은 자극제가 될 것이다.

제 1 장 세계가 주목한 21세기의 신초(神草) 마카.

해발4000미터 안데스고원에서 자생하는 천연식물 마카.

세계지도를 펼쳐보면 남미대륙의 태평양쪽에 안데스산맥이

쭉 달리고 있다.
그리고 적도부근에 페루가 있다. 페루는 모두가 알다시피 잉카문명과 현대인들이 동경하는 황금의 땅, 엘도라도의 신화로 유명하다. 그리고 그 곳에 전설적인 식물, 마카가 있다.
마카(MACA)는 새롭게 알려진 식물은 아니다. 남미의 안데스산맥 해발4000미터가 넘는 고지의 혹독한 기후 속에서 잉카족이 살기 훨씬 이전부터 자생해온 식물이다. 낮 동안에는 강렬한 햇살을 받고, 밤에는 영하에 내려가는 기온, 낮은 기압과 강한 바람 등을 견디며 자라나는 식물이다. 도저히 식물이 살 수 없는 자연 환경 속에서 자생하는 마카. 하지만 이 특이한 식물은 잉카족의 귀족들만 먹던 귀중한 음식이었다. 그 놀라운 영양가와 맛은 오늘날 잉카인들의 주식으로 재배되고 있으며, 전 세계인들의 강장 영양식품인 21세기형 약초로 주목받고 있다.
마카의 종류는100여종이 기록되고 있으나 현재 페루에는 11종의 마카가 재배되고 있다. 재배한다고 해서 사람들이 기르는 것이 아니라 완전한 유기농 형태에 자생한 것을 거두어들일 뿐이다. 페루 원산의 마카는 해발4000~5000미터의 고지에서 재배되는 것을 가리킨다.
식물적으로 말하면 마카는 아브라나과의 레피데이움속에 속한다.
정식 학명은 Lepidium Peruvianum Chacon sp.nov로 마카 연구의 일인자인 글로리아 챠콩 박사의 이름이 들어있다. 야생 마카는 꽃모양이 장미와 비슷하며, 땅 속에 묻힌 뿌리와 알맹이 부분을 건조시킨 것이 식용으로 쓰인다.
마카의 뿌리는 감자와 모양이 비슷하며, 알맹이 또한 감자와 비슷하다. 알맹이에서 한 줄기위로 향해 가느다란 줄기가 뻗어있다. 이 줄기는 5센티가 채 되지 않아 땅 위로 고개를 내밀지 않는다. 따라서 천연으로 자생하는 마카를 발견하려면 줄기에서 뻗어 나와 땅 위로 자라난 잎을 찾아낼 수밖에 없다.
마카의 잎은 다소 시들어있는 모습을 하고 있다. 색깔은 밝은 노랑, 진한 보라, 탁한 분홍, 파스텔 분홍 등 여러 가지가 있고, 별로 화려하지 않아서 풀과 같은 느낌이다. 감자밭 사이에 마카를 심으면 감자밭 사이사이로 잡초가 자라있는 것처럼 보인다.
이렇게 페루의 대자연속에서 재배되어 내려오고 있는 마카에는 어떤 신비로운 힘이 감춰져 있는 것일까? 그 역사적 배경과 효능, 과학적 성분 등 다양한 점으로 자세하게 자세히 살펴보기로 하자. 마카의 신비로운 효능에 모두 놀라게 될 것이다.

잉카왕과 귀족들만 먹던 강장식품 마카

페루에는 과거 찬란한 문명을 가진 잉카제국이 있었다. 태양신을 숭배하는 잉카제국 사람들은 조금이라도 더 태양과 가까이하려고 주거지를 높은 곳에 정했다. 수도 쿠스코는 해발 3000미터가 넘는 고지에 건설되었다.
그러나 공기가 희박하고 기후가 혹독한 고지에서 사람들은 체력이 크게 소모 되었다.그것을 보충하기 위해서는 자양강장 효과가 있는 식품을 필요로 했다. 그래서 잉카 사람들은 일찍이 마카에 눈을 뜨게 되었고, 주로 왕과 귀족들이 자양식에서 마카를 이용했다.
오늘날 마카가 주로 생산되고 있는 고원지대는 잉카제국 영토 내에 있었기 때문에 제국의 지배자들은 마카의 효능에 관해 알고 있었다. 그들은 라마 같은 가축과 소량의 마카를 물물 교환했을 정도로 마카를 귀중하게 취급했다.
한편 잉카제국의 왕은 전사들에게 체력을 보충시키기 위해 마카를 먹게 했다고 전해진다. 안데스지역의 여러 부족들은 서로 세력 확장을 위해 다투었는데, 그중에서도 잉카족이 강성하여 마침내 주변의 부족들을 물리치고 거대한 제국을 이루었다. 이 과정에서 강한 전사가 반드시 필요했고, 전쟁에서 승리를 거둔 전사에게는 포상으로 마카가 지급되었다고 한다.
잉카제국의 군대는 주변 부족을 공격하여 함락시키기 직전이 되면 전사들에게 마카의 지급을 중지시켰다. 승리한 죽음들이 강탈과 폭행을 일삼게 되어 군대의 질서가 문란해질 것을 걱정했기 때문이다. 그래서 목표물을 함락시키기 직전에 전의를 북돋는 마카의 지급을 중지시켰던 것이다.

건강하고 탄력 있는 피부를 자랑하는 페루 여성의 미용 비결

마카는 예로부터 페루사람들에게 자양강장과 피로회복을 위한 생약으로서 친숙한 식물이었다. 지금도 안데스산맥의 고지는 기후도 좋지 않고 척박한 환경에서 먹거리가 풍부하지도 않은데 남자들은 건장한 체격을, 여성들은 건강한 몸매를 자랑한다. 그리고 장수하는 사람도 많은데 그 이유로 마카의 효과를 꼽는다.
페루 인들이 세계에 자랑하는 '세 가지 기적' 이 있다. 바로 감자, 키니네, 켓츠클로가 그것이다.
페루의 감자는 흉년과 페스트가 휩쓸던 유럽인들을 굶주림에서 구해낸 작물로 역사적으로 널리 알려져 있다. 스페인의 정복자들은 신대륙에서 나는 감자를 유럽의 본국 스페인에서 갖고 돌아왔다. 유럽에서 재배된 감자는 그 후 독일에서 프리드리히 대왕에 의해 본격적으로 재배되어 독일 사람들은 물론이고 유럽각국에서 주식에 가까운 대단히 중요한 위치를 차지하게 되었다. 감자는 이렇게 유럽 근세역사에서 가장 귀중한 음식이었으며, 굶주림에 허덕이던 수백만 명의 사람들을 구해냈다.
또 한 가지는 말라리아가 세계적으로 이를 막고, 인류를 구원한 특효 키니네(kinine)다. 키니네는 페루에서 자라는 나무 키나노키의 껍질에서 발견된 것이다.
암, 류머티즘, 기타 여러가지 생활습관성 병에 대한 놀라운 면역증강 작용이 있는 캣츠클로 또한 유명하다.

그리고 이 세 가지 기적의 식물에 이어 세계적으로 주목받고 있는 것이 안데스산 식물 마카다. 이제 마카가 지니고 있는 놀라운 힘에 관해 살펴보자.

발기부전과 불임, 갱년기 장애를 낫게 하는 마카

지금까지도 정력증강에 좋다고 하는 강장식품이나 약품, 건강식품은 많이 있었다. 그러나 마카는 종전의 것들과는 완전히 다르다.
한마디로 어떤 점이 다른가하면 어디까지나 자연의 형태로 성기능을 증강시킨다고 하는 점을 큰 특징으로 들 수 있다. 남성의 경우는 발기부전을, 여성의 경우는 불임증과 갱년기 장애를 낫게 한다.
마카는 스트레스성 발기부전에 효과가 있는 알카로이드를 다량 함유하고 있다. 또 난자와 정자의수를 크게 촉진시키는 남성호르몬과 관계되는 스테로이드, 음경동맥 혈액의 흐름을 활발하게 만드는 덱스트린도 포함하고 있다.
이 내용만 보면 화학약품인 발기부전 치료제를 떠올리게 된다. 이런 성분들이 남성의 발기부전을 개선시키게 된다. 그러나 발기부전 치료제는 화학약품으로서 부작용이 우려되는 것과는 대조적으로, 마카는 더 큰 효능을 갖고 있는 천연식물이라고 하는 점에 주목해야 한다. 곧 부작용으로부터 자유롭다는 것이다. 다시 말해 '페루산 천연발기부전 치료제'라고 해도 좋을 만큼 자연그대로의 형태로 성 기능에 활력을 주는 전통적인 강장식이다.
발기부전과 정력의 쇠퇴로 고민하는 현대의 남성들에게, 또 불임증 갱년기장애로 고민하는 여성들에게 마카는 정말 반가운소식이 아닐 수 없다.

세계 각지에서 관광객들을 끌어 모으는 마카 축제

페루의 대자연속에서 마카는 5월부터 7월에 걸쳐서 수확하고, 파종은 9월부터 11월에 걸쳐서 이루어진다. 기본적으로 재래식농업, 천연유기농으로 재배된다.
일단 씨를 뿌리고 나면 땅 속에서 싹이 터서 뿌리를 내리기까지 어느 틈엔가 겨울을 넘기고 자라있기 때문에 농약이나 비료도 필요 없다. 마카는 단지 땅속의 영양분을 흡수하고 비를 맞고 자랄 뿐이다. 따라서 재배하는데 별로 손이 많이 가지 않는 작물이다.
다만 마카를 재배하려면 아연 같은 미네랄이 풍부하게 들어있는 땅이 필요하다. 안데스의 혹독한 자연환경 속에서는 그렇게 영양이 풍부한 땅은 많지 않은 법이어서 극히 일부 마을에서만 재배할 수 있다.
그리고 일단 한 차례 마카를 재배한 땅은 양분을 몽땅 흡수하기 때문에 한동안은 사용할 수 없다. 우리나라의 인삼재배가 그러한 것과 똑같다.
그래서 농민들은 마카를 수확하고 나면 양 같은 가축을 키운다. 그렇게 해서 5~6년을 쉬는 동안 가출한 퇴비가 땅

속에 충분히 스며들면 다시 재배를 시작하는 식으로 완전한 유기농재배를 한다.
씨를 뿌릴 때 옛날 사람들은 풍작을 기원하며 밭에서 춤을 추고, 노래도 했다고 한다. 안데스 산 여기저기에 마카의 풍작을 기원하는 메아리가 울려 퍼지면 마카는 땅속에서 겨울을 보낸다. 풍작을 기원하는 축제는 고원에서 생활하는 민족들의 전통 축제로서 해마다 성대하게 열린다.
수확은 주로 손으로 하며, 수확한 다음에는 정성껏 건조시킨다. 말이나 소의 배설물을 충분히 흡수한 땅이 아니고는 제대로 자라지 않는다고 한다. 한번 재배하고 나면 그 땅을 8년간 고갈시킬 만큼 땅에서 영양소를 빼앗아가기 때문이다. 거꾸로 말하면 마카가 그만큼 풍부한 영양소를 지니고 있다는 이야기다. 그 영양소는 또 한 가지의 '안데스의 기적'이라 해도 손색이 없다.

마카의 천연비타민이 합성비타민보다 효과 있다.

비타민이 몸의 대사를 원활하게 하는데 필요하다는 것은 누구나 아는 사실이다. 페루에서는 마카의 풍부하게 함유되어 있는 천연 비타민과 같은 비타민이 정제형태로 만들어져 시판되고 있다.
여기서 주의할 것은 비타민이란 천연 그대로의 상태로 섭취하는 것이 보다 효과적이라는 사실이다. 현재 시판되고 있는 비타민제는 석유와 포도당에서 화학적으로 합성되어 만들어지는 것이다. 최근에는 100%화학 합성비타민제도 시판되고 있다.
천연비타민과 화학합성비타민은 비타민 자체의 화학구조식이 동일하지만 체내에서 나타내는 효력이 다르다.
우리 몸에는 어떤 음식이 몸에 이로운 것인지 해로운 것인지를 알아차리는 센서가 있다. 그 센서가 유익하다고 판단한 성분은 흡수되고, 해롭다고 판단한 성분은 몸 밖으로 배출된다.
비타민C의 경우를 예로 들어 천연비타민과 합성비타민의 차이를 살펴보자. 비타민C 자체는 천연비타민과 합성비타민 모두 아스코르빈산이라는 동일한 성분이다. 그러나 천연비타민의 아스코르빈산 주위에는 비타민P, 플라보노이드, 미네랄 등 비타민C이외의 성분이 들어있다. 이러한 남아돈다고 여겨지는 성분이 체내에 들어오면 천연비타민C의 흡수력을 높이고, 비타민C의 기능을 돕는 작용을 한다. 한편 합성된 비타민C의 성분은 대부분이 순수한 아스코르빈산이다.
인류가 탄생하면서 인간은 천연야채와 과일을 통해 비타민을 섭취해 왔다. 그래서 우리 몸의 센서는 천연비타민을 흡수하는 것이 자연스러운 상태다.
합성비타민은 화학적으로 처리된 물질이기 때문에 천연비타민과 비교하면 우리 몸에서는 이물질에 가까운 성분이다. 우리 몸의 센서는 화학비타민을 이물질로 판단해 분해, 흡수하지 않고 2~3시간이면 몸 밖으로 배출시키고 만다. 따라서 합성비타민으로 천연비타민과 동등한 효과를 얻으려면 많은 양을 섭취해야만 한다.
피곤할 때 비타민제를 한꺼번에 많이 먹으면 소변이나 땀에서 비타민 냄새가 나는 것을 많이 경험할 것이다. 그것은 우리 몸이 합성비타민을 이물질로 판단하여 재빨리 소변이나 땀과 함께 버리기 위해 일어나는 생리적 현상이다. 말하자면 순도가 높은 합성비타민은 화학물질로서는 완전하다고해도 우리 몸에는 불완전한 비타민인 것이다.
한편 합성비타민은 먹기만 해서는 바로 도움이 되지 않는다. 몸속에 들어가서 복잡한 과정으로 이루어지는 화학변화를 거쳐야 비로소 효소로 바뀌어 그 작용이 시작된다.
그러나 마카로 섭취한 천연비타민은 처음부터 효소의 형태로 되어 있기 때문에 몸속에 들어오면 곧바로 작용을 시작한다. 이와 같이 마카에 풍부하게 함유된 천연비타민은 합성비타민보다 흡수율이 높기 때문에 허약해진 몸을 신속하게 회복시켜 준다. 그리고 생식기능을 움직이게 해서 임신하기 쉬운 체질로 만들어주는 것이다.

몸에서 필요한 미네랄을 그대로 먹는 마카

미네랄은 비타민과 함께 작용하여 인체의 여러 가지 기능을 조절하고, 병의 증상과 원인을 개선하는 작용이 있다.
우리 몸에 필요한 미네랄은 16가지가 있으며, 그 가운데 7가지 주요미네랄이라 일컬어지는 것으로, 체내 미네랄의 99%를 차지한다.

주요 미네랄이란 칼슘, 인, 칼륨, 유황, 나트륨, 염소, 마그네슘을 일컫는 것으로 인체의 골격이나 치아를 형성하고, 신경의 흥분을 가라앉히고, 심장이나 근육의 기능을 조절한다.
그밖에 미세원소라 일컬어지는 철, 아연, 동, 셀렌, 망간 등은 기초대사를 높이고, 혈액을 만들고, 발육을 촉진시키고, 활성산소의 발생을 억제시켜 암을 예방하는 작용을 한다. 특히 아연에는 정자의 조성능력을 높이는 작용이 있다.
이렇게 중요한 역할을 하는 미네랄이 부족하면 생식기능을 비롯한 몸의 활동력이 떨어지기 때문에 당뇨병, 심장병, 암 등 생활습관성병에 걸리거나 남성의 경우 정자수가 줄어 불임증의 원인이 되는 것이다.
천연마카 100g 가운데에는 칼슘 332mg, 인 340mg, 철 13.4mg, 망간 1.9mg, 마그네슘 100mg, 아연 3.3mg, 나트륨 15.9mg, 칼륨 1940mg이 들어있어 미네랄이 풍부한 야채 가운데서도 미네랄의 수와 함유량이 뛰어나게 많다. 미네랄 이외에 인삼성분인 사포닌, 알칼로이드 등 유효성분도 풍부하다.

임신하기 쉬운 체질로 만들어주는 마카

안데스고지의 사람들은 기압이 높고 공기가 희박한 곳에서 산다. 이럴 경우 여자들의 임신능력이 현저히 떨어지게 된다. 하지만 페루에서는 이러한 환경을 극복하기 위해 오랜

옛날부터 임신적령기의 여성들에게 마카를 먹여왔다. 왜 그랬을까?
마카는 호르몬 작용을 활발하게 하여 균형을 잡아주는 작용이 있기 때문이다.
임신과 출산은 배란에서 시작하여 수정, 수정란의 자궁벽 착상, 태아의 발육, 그리고 출산에 이르기까지의 과정을 거친다. 이 과정은 뇌의 간뇌, 뇌하수체, 난소 등에서 분비되는 여러 개의 호르몬에 의해 조절된다. 따라서 호르몬의 균형이 깨지면 생식기의 작용이 흐트러져 임신하기 어려워진다.
마카의 효능 가운데서도 주목할 만한 것이 에스트로겐의 분비를 촉진하는 효과다.
에스트로겐은 여성호르몬의 일종으로, 여성의 생식기능을 조절한다.
갓 태어난 인간은 생식기 이외에는 남녀의 차이가 거의 없다. 성차가 나타나는 것은 사춘기를 맞이하여 성호르몬이 활발하게 분비되면서 부터다.
성호르몬의 분비에 의해 2차 성징이 나타나면 남성은 수염이 자라고, 음성이 굵어지며, 남성다운 몸매로 변한다. 여성은 유방이 부풀어 오르고, 엉덩이가 커지는 등 여성다운 몸매로 변한다.
동시에 여성의 체내에서는 난소와 자궁이 성숙하여 배란이 일어나고, 월경이 시작된다. 이렇게 여성의 몸은 에스트로겐에 의해 임신과 출산을 위한 준비가 이루어진다. 에스트로겐의 분비량은 나이가 들면서 감소한다. 개인차가 있기는 하지만 여성이 50대에 접어들면 에스트로겐은 거의 분비되지 않는다. 따라서 배란이 멈추고, 폐경을 맞이한다. 폐경 전후에 갱년기장애라 일컬어지는 불쾌한증상이 나타나는 것은 몸의 기능이 변화해 몸과 마음이 따라가지 못하기 때문이다.
성장 발육하는 사춘기에서부터 결혼생활까지 또한 임신 중에도 마카는 산모나 태아에게 훌륭한 영양소가 된다.
한편 에스트로겐은 칼슘이 뼈에 스며드는 것을 촉진한다. 그래서 폐경이 되면 칼슘이 부족하여 뼈가 물러지는 골다공증도 나타나기 쉬운 것이다. 이와 같이 여성은 일생을 통해 사춘기와 갱년기라는 두 차례의 커다란 변화를 겪게 된다.
40대를 지나 50대로 접어들면 에스트로겐의 분비가 감소하는 것은 노화현상으로, 어쩔 도리가 없다. 이런 시기에도 마카는 필요하다. 그러나 10대와 20대, 혹은 30대의 임신 적령기에 어떤 이유에서 에스트로겐의 분비가 줄었을 경우는 치료가 필요하다. 그 원인으로는 영양상태의 악화와 스트레스로 인한 전신의 호르몬 분비 불균형 등을 들 수 있다.
이럴 때 마카를 복용하면 에스트로겐의 분비를 촉진시켜서 여성생식기의 작용이 활발해진다. 여러 가지 이유로 임신가능성이 낮았던 여성에게도 다시 기회가 찾아오는 것이다.

페루 정부가 보호하고 보증하는 주요 수출상품 마카

페루에서는 마카가 유력한 수출상품인 만큼 국가사업으로서 연구, 조사가 이루어지고 있으며, 법률도 제정되어있는 등 국가적인 차원에서 보호 육성되고 있다.

마카에 여러 가지 약효가 있다는 사실은 원산지 페루에서는 수천 년 전부터 알려져 있다. 특히 글로리아 챠콩 박사는 마카 연구의 일인자로, 마카의 학술명(LEPIDIUM PERUVIANUM CHACON sp.nov)에는 챠콩 박사의 이름이 들어 있을 정도다. 마카가 발기부전과 불임증에 효과가 있다는 연구결과는 챠콩 박사에 의해 발표된 것이다. 이와 함께 페루의 국영방송에서 마카를 보도하여 그 약효가 세계에 널리 알려지게 되었고 마카의 효과에 관한 연구가 더욱 활발하게 이루어지고 있다.

1961년 챠콩 박사는 마카의 유효성분을 흰쥐에게 투여하는 실험을 했다. 그 결과 마카를 투여한 암컷 흰쥐의 난자세포는 성숙이 촉진되어 출생률이 향상된다는 사실을 확인했다. 마카를 섞은 먹이를 6개월간 먹인 흰쥐(암컷 두 마리, 수컷 여덟 마리)들에서는 최초번식 기에 마카를 주지 않은 흰쥐(암컷 두 마리, 수컷 여덟 마리)들보다 열 마리나 많은 새끼가 태어났다.

마카에 함유된 알칼로이드는 남성의 스트레스성 발기부전을 개선하는 작용이 있고, 여성의 난자세포를 성숙시키는 효과도 함께 갖고 있는 것이다.

챠콩 박사는 양을 통한 실험도 실시했다. 교배 전에 양을 두 그룹으로 나누어 한 쪽에는 15일간 마카를 먹이고, 다른 한쪽에는 먹이지 않았다. 그런 다음 각 그룹을 별도로 교배시킨 결과 마카를 먹인 양은 100%새끼를 뱄고 유산도 거의 하지 않았다. 반면에 마카를 먹이지 않은 양은 새끼를 밴 확률이 74%로 낮았으며, 유산이나 출산의 이상증세도 많이 나타났다.

이러한 연구결과를 통해 챠콩 박사는 첫째, 마카는 동물의 임신을 촉진하는 작용이 있다는 것과 둘째, 수정된 이후의 수정란의 생육을 정상적으로 조절하는 작용이 있다는 것을 증명했다.

마카에 풍부하게 함유된 리신과 아르기닌 같은 필수아미노산과 활성물질이 흰쥐와 양의 생식능력을 높인 것으로 보고 있다. 수정란의 생육을 정상적으로 조절하는 것은 마카의 여러 가지 유효성분들이 수정란을 둘러싼 생식능력을 향상시키고 안정되게 한 것을 나타낸다. 수정이 되어도 수정란이 자궁벽에 제대로 착상하지 못하면 유산할 가능성이 매우 높기 때문이다.

늙어서도 남녀 모두 충실한 성생활을 위해

부부가 나이 들어서도 언제까지나 서로를 소중하게 여기며, 더불어 인생행로를 걸어가는 동안 웃음 지으며 신뢰를 쌓아나가려면 성생활이 중요한 역할을 한다. 성생활은 두 사람이 서로 이해하고 애정을 표현하는 중요한 수단으로, 충실한 성생활은 생활에 윤기를 더해주고 삶의 보람과 웃음, 건강에 이르기까지 많은 것들을 가져다준다. 몇 십 년에 걸친 원만한 부부관계를 지속하는 비결은 바로 원만한 성생활에 있다고 할 수 있다.

성욕은 죽을 때까지 없어지지 않는다고 한다. 늙어서도 일을 우선시하여 성생활을 경시하는 사고방식을 가진다면 삶의 의욕이나 보람을 느끼기 어렵다는 것은 많은 노인 대상 설문 조사결과가 보여준다. 아무래도 남성과 여성이 함께 사는 보람을 느끼며 충실한 인생을 보내기 위해서도 성생활은 그 중요성을 차츰 더해할 것이다.

그렇기 때문에 남녀 모두의 성기능을 놀랍게 끌어올리는 마카가 필요한 것이다. 남녀 모두가 마카의 도움을 받아 언제까지나 건강하고 젊게 사는 인생을 보내야 한다.

나이가 들면 사정 시에 정액 량이 감소되는 사람들에게도 권장되고 있다.

제 2 장   남성: 우뚝 솟은 성 에너지를 공급하라!

정력부족은 만병의 시작이다.

오늘날 남자들의 위기인 정력부족을 의사나 학자 등 전문가들은 어떻게 진단하고 있을까? 물론 여러 원인이 있겠지만 주요한 원인으로 꼽히는 것이 활성산소다.

알다시피 사람의 몸은 호흡과정의 원활한 순환이 건강의 기본이다.

따라서 몸속에서 발생하는 활성산소는 건강의 이상신호를 가늠한다고 할 수 있다. 사람들에게 활성산소가 과잉 발생하는 것은 환경오염에 따른 먹거리의 오염, 식생활의 서구화, 식품첨가물 범람, 술, 담배, 농약, 자외선 등이다. 특히 해결이 어려운 문제로서 경쟁사회, 정보화 사회의 스트레스를 들 수 있다.
다시 말해 현재 우리의 생활환경은 활성산소에 둘러싸여 있으며, 이를 해결하는 방법은 현재로서는 벗어날 수 없다고 해도 지나친 말이 아니다. 이 활성산소를 억제, 제거하는 것이 항산화물질(SOD효소)이다. 현대인들은 이 물질의 생산능력이 크게 떨어지고 있다고 한다. 그 결과 정자 수부족, 발기능력저하, 당뇨나 고혈압증가, 스트레스 상승 등의 정력부족과 성인병증세가 빈발하고 있는 것이다. 원래 우리 몸에 자연적으로 갖추어져 있어야 할 항산화물질도 이러한 상황 속에서는 자꾸만 그 생산능력이 떨어질 수밖에 없다. 그리고 이 항산화 물질은 20대를 100%로 치면 40대에는 80%, 50대에는 60%정도로 나이를 먹으면서 감소하여 80대가 되면 더 이상 분비되지 않는다.
혈관은 활성산소에 의해 녹슨 상태가 되고 만다. 특히 발기는 혈액의 집중에 의해 일어나는 현상이기 때문에 활성산소에 의해 크게 타격을 입는다. 발기력이 급격하게 떨어지는 것이다.
여기에 청년실업 증가로 젊은이들의 발기력 부족 호소가 늘고 있고, 중년 이후는 불황과 구조조정의 스트레스로 나이를 떠나 모든 남성들을 스트레스증후군 환자로 내몰고 있는 것이다.
그나마 유일한 안식처라 할 수 있는 가정으로 돌아온다고 해도 밀려드는 고지서, 각종 세금, 부과금, 교육비 등의 고지서가 산더미로 쌓이고, 남들과 비교하는 와이프들의 태도는 차갑기만 하고 아이들은 그들만의 생활에 빠져 아빠 대하기를 소 닭 보듯이 하는 게 요즘 세태다. 이러한 환경에서 정력 감퇴를 느끼지 않을 수 있다면 정신적으로 상당히 무디거나 귀가 공포증에 걸린 노이로제 환자일 것이다. 최근 중년 이후 남성의 자살이 늘고 있다는 뉴스도 충격적이다. 평범하게 살아가는 것조차 힘든 시대가 되고 말았다.

정력에 관한 올바른 상식

정력은 무엇을 말하는 걸까? 정력, 정력 하지만 그 실체를 제대로 알기보다는 어떤 힘으로만 느끼는 남자들이 많다. 먼저 의학적으로 정력을 설명해 보자.
정력이란 한마디로 남성의 성기능이다. 성기능과 밀접한 관련이 있는 것이 미네랄인데 그 가운데서도 아연(Zn)이 중요한 영양소다.
남성의 정액을 생산하는 전립선에는 고밀도의 아연이 필요한데, 이것이 부족하면 정자의 수가 감소한다고 알려져 있다. 성인에게 필요한 아연은 하루 15mg인데, 우리의 식생활은 그 섭취량이 많이 부족한 현실이다. 아연을 많이 함유한 식품으로 대표적인 것이 굴이다. 그 밖에도 정어리, 청어, 대합, 모시조개, 팥, 멸치, 현미, 콩가루, 볶은 깨, 말린 버섯, 무말랭이 등이 있다. 이들 식품을 보면 옛 선조들의 식단은 아연이 풍부했음을 알 수 있다. 식생활의 서구화, 경제구조의 변화, 기호의 변화 등에 의해 이러한 음식을 날마다 충분히 섭취하기가 어려워졌다. 사람들이 어머니의 손맛을 찾는 것은 단지 옛날을 그리워하는 마음 때문만은 아닌 것이다.

또 한 가지, 성기능을 유지하기 위해 중요한 성분으로 셀렌이 있다. 그것은 밀가루나 곡류에 함유된 항산화미네랄로, 체내에 존재하는 셀렌의 25~40%는 생식기에 집중되어 있다. 정자세포에는 셀렌의 함유량이 많아서 남성이 사정할 때 많은 양의 셀렌이 정자와 더불어 빠져나온다. 이것을 보충해주지 못하면 성기능이 저하된다. 이 셀렌 역시 전통적인 식생활에서는 많은 양을 섭취할 수 있었던 것이다.

정자수를 늘려라!

최근 들어 우리나라뿐 아니라 세계적으로 남성의 정자 수가 줄고 있다는 충격적인 보고가 잇따르고 있다.

1995년 프랑스에서 이루어진 연구결과가 널리 보도되어 화제를 불러일으킨 바 있다. 1945년생 남성의 30세 때 평균 정자 수는 1밀리리터 안에 1억200만개였으나 1962년생 남성의 30세 때의 평균 정자 수는 5,100만개에 지나지 않았다. 불과 17년 사이에 정자의 수가 절반으로 줄어든 것이다.

한편 세계보건기구(WHO)의 발표에 따르면 정자의 운동률이 20년 전에 비해 80%에서 50%까지 떨어졌다고 하니, 실로 현대남성들의 정력이 위기에 처해있다고 하겠다.
이러한 정력 감퇴의 원인은 분명히 밝혀지지 않고 있으나 스트레스라는 주장과 미네랄 부족이라는 주장 이외에도 세계적인 환경의 악화에 의한 이른바 환경호르몬 때문이라는 주장도 있다. 다이옥신으로 대표되는 환경호르몬은 아주 적은 양으로도 인간 유전자에 영향을 미치게 된다. 하지만 개인의 힘으로 막을 수 없다. 자연의 황폐화는 남성들에게 더욱 두려움을 가져다주고 있다.

하체의 고민이 일에도 영향을 미친다.

정력 감퇴의 원인으로 이른바 생활습관성 병의 확산도 무시할 수 없다.
그 가운데서도 대표적인 것이 당뇨병이다. 걸릴 수 있는 사람과 위험이 있는 사람까지 합하면 전체 국민의 3분의1정도가 당뇨환자라는 조사도 있다. 당뇨병은 한마디로 혈액 속의 당분(혈당)이 높아져서 몸 전체에 나쁜 영향을 미치는 것이다. 혈당치가 높아지면 혈액이 건강한 사람보다 유동성이 낮아져서 음경 내의 혈행 역시 좋을 리가 없다.
당뇨병의 증상은 피로감, 공복감, 손 발 저림, 빈뇨(頻尿), 입 마름, 나아가 신경장애까지 일으키기 때문에 성기능에도 나쁜 영향을 준다.
그리고 고혈압이나 심장병과 같은 여러 가지 생활습관성

병(성인병)도 정력을 극도로 떨어뜨린다. 거꾸로 말하면, 갑자기 정력이 쇠퇴했다고 느껴지면, 당뇨병, 고혈압, 심장병 등의 가능성을 의심해보는 것이 좋다. 병이나 사고에 의한 체력저하나 정신적인 스트레스로 인해 정력이 급격히 쇠퇴하지만, 이렇게 생활습관성 병의 악화가 발기부전의 원인이 되는 경우도 많다.

정력의 쇠퇴는 업무에도 크게 영향을 미친다. 체력이나 정력이 급격하게 쇠퇴한다는 것은 호르몬의 균형이 깨져 있다거나, 극심한 스트레스를 받고 있다거나, 균형 잡힌 식사를 하지 못하고 있다거나, 당뇨병과 같은 생활습관성 병의 초기에 놓여있는 경우가 아주 많다. 이렇게 건강하지 못한 상태에서 일을 잘할 수는 없다.

반대로 정력이 왕성하여 아내를 기쁘게 해주는 사람은 일에 대한 의욕이나 지속력도 놀랄 만큼 왕성하다. 영웅호색(英雄好色)이란 말도 있듯이 일을 훌륭하게 해내는 사람은 결과적으로 성욕도 왕성하다고 할 수 있다.

그렇다면 누구나 중년이후가 되면 정력이 쇠퇴하는 것을 피할 수 없다는 이야기일까? 결론부터 말하자면 노화를 막을 수 없듯이 정력의 감퇴, 그 자체를 완전히 막을 방법은 없다. 인간의 성욕을 좌우하는 남성호르몬은 대개 18세를 정점으로 점차 줄어든다. 정액을 생산하는 전립선은 누구나 중년이후가 되면 딱딱해지고 비대해지기 때문에 정액의 분비가 줄어든다. 이럴 때 마카를 꾸준히 복용하여야하며 정액이 조금만 나오면 그에 따라 자연스럽게 성욕도 저하하는 것이다.

여기서 한 가지 중요한 것은 어느 정도의 건강을 유지하고만 있다면 정력이 아주 없어지지는 않는다는 사실이다. 남성호르몬의 분비는 나이가 들면서 줄어들지만 성욕이 완전히 없어질 정도로 줄어드는 것은 아니다. 70, 80세가 지나도 대개 성생활이 가능할 정도의 호르몬은 분비된다. 주변에서 70, 80세를 넘어서도 얼굴색이 좋고, 몸이 튼튼하고, 두뇌회전도 잘 되어 남부럽지 않게 생활하는 사람을 볼 수 있다. 이런 사람들은 당뇨병이나 고혈압 걱정도 없다. 그래서 대체로 성욕도 왕성하다.

이런 사람들이 어떻게 사는지 잘 보고 배워야하겠다. 70, 80세를 넘어서도 정력이 왕성한사람은 일상생활 속에서 오는 스트레스를 현명하게 발산하고 있다. 규칙적인 생활습관을 지키고, 적당한 운동을 꾸준히 하며, 식사도 영양소를 골고루 배분하여 균형 잡힌 식단을 챙긴다. 폭음폭식을 피하고, 두뇌활동도 꾸준히 하고 있을 것이다. 이렇게 지극히 평범한 것들만 유념하고 있으면 정력 감퇴의 속도를 늦출 수 있는 것이다. 그래서 정력은 몸과 마음의 건강을 재는 척도라고 말하는 것이다.

성기능을 위협하는 스트레스를 풀어라.
앞서 살펴본바와 같이 현대를 살아가는 남성들의 정력은 위기에 처해있다. 그것은 이미 세계적인 관심사이며 인류공통의 문제다.
식생활은 제대로 갖추어지지 못하고, 먹거리는 오염되어 환경호르몬이 모르는 사이에 우리 몸을 좀먹고 있다. 게다가 정보화 사회, 경쟁사회의 스트레스까지 더해지고 있다. 이러한 자연환경, 사회 환경 속에서 남성이 자신의 성을 지키고, 누리기란 쉬운 일이 아니다. 식생활에 유의하면서 개인의 체질에 맞는 건강식품의 힘을 빌어야 할 것이다. 그리고 평소에 이미지 트레이닝에 힘쓰고, 나이가 함께 시들어가는 정력의 증진에 힘써야 한다. 열심히 몰두할 수 있는 일이나 취미를 갖고 지나친 욕심에 마음을 비워 밀려오는 스트레스를 재빨리 털어내야 한다.

그래야만 현대라고 하는 스트레스의 밀림 속에서 타잔처럼 건강하게 살아갈 수 있을 것이다. 밀림의 왕자 타잔은 아내 제인을 깊이 사랑하며 밀림을 위협하는 온갖 문명의 이기(利器)에 맞서 싸운다. 현대의 남성들도 자신의 성을 지키기 위해서는 성기능을 위협하는 많은 적들과 싸워야하는 것이다.

그 싸움을 위한 마지막 무기로 때맞춰 등장한 것이 바로 마카다.

마카는 충실한 성생활을 선물한다.
섹스는 반드시 임신을 목적으로 하는 것만은 아니다. 부부간의 커뮤니케이션과 애정 표현을 위해서도 꼭 필요한 것이다. 마카는 이러한 목적의 성생활에도 큰 효과를 발휘한다. 남성에게 나타나는 효과로는 우선 발기능력의 향상을 들 수 있다.

발기는 음경을 구성하고 있는 해면체에 대량의 혈액이 흘러들어와 일어난다. 해면체는 혈액을 담고 있지 않을 때는 작아지고, 혈액을 담으면 크게 팽창하는 조직이다. 그 기능이 해면을 연상시키기 때문에 해면체라는 이름이 붙은 것이다.

음경을 통과하는 모세혈관은 성적인 자극을 받으면 급격히 확장된다. 그래서 다량의 혈액이 음경으로 흘러들고, 해면체가 그것을 흡수하여 팽창, 발기하는 것이다.

그리고 사정에 의해 성적인 자극이 감소하면 이번에는 음경을 통과하는 모세혈관을 축소시키는 역할을 하는 호르몬이 작용하여, 혈액의 유입을 중지시켜 음경이 원래의 크기로 돌아온다. 음경이 충분히 발기하기 전에, 또는 충분히 시간이 지나지 않았을 때 모세혈관을 축소시키는 호르몬이 분비되면 조루나 발기부전 상태가 된다. 발기 약으로 유명한 발기부전 치료제는 이 호르몬의 분비를 억제하는 작용이 있어서 발기 능력을 향상시키는 것이다.

마카에도 발기부전 치료제와 같은 효과가 있다. 마카에 함유된 활성물질 덱스트린과 알칼로이드는 하복부에 위치한 음경동맥의 혈류를 활발하게 만든다. 그러면 음경동맥의 끝에 있는 모세혈관이 혈류도 활발해져서 보다 많은 양의 혈액이 음경으로 흘러 들어가게 되기 때문에 발기능력이 좋아지는 것이다.

여성의 경우도 마카의 도움을 받아, 보다 충실한 성생활을 영위할 수 있다. 성기가 부드러워져서 갱년기 장애증상 가운데 하나인 성교 통이 해소된다. 또 불감증이나 냉감증 등도 개선된다.
남성의 경우도 사정할 때 예전만큼 쾌감을 얻지 못하는 성적 노화현상이 줄어든다.
이것은 마카에 함유된 방향성 글리코시드라는 활성물질의 효과다.
방향성 글리코시드는 신경을 활성화시키고, 성교할 때 쾌감을 높이는 작용이 있다. 그래서 노화 등의 이유로 둔해졌던 쾌감이 다시 살아나고, 섹스를 통한 즐거움과 만족감이 한층 커지는 것이다.
부부간의 상호이해는 성행위만으로 이루어지는 것은 아니다. 그러나 성행위가 남녀의 커뮤니케이션에 있어 중요한 부분을 차지한다는 것은 틀림없는 사실이다. 그만큼 성행위를 통해 부부가 함께 쾌감을 얻을 수 있다면 두 사람 사이에는 깊고 강한 유대감이 형성되고, 그러한 느낌이 더욱 깊은 쾌감을 가져올 것이다.
정신적인 연결고리 또한 단단해져서 이상적인 부부관계를 쌓아가게 되는 것이다.

마카는 면역력을 높여 주는 영양소도 있다.

우리 몸속에는 수많은 세균과 바이러스가 살고 있으며, 몸 바깥에도 마찬가지로 수많은 세균과 바이러스들이 우리를 둘러싸고 있다.
이러한 세균과 바이러스 가운데는 우리 몸을 못 쓰게 만들어 여러 가지 병을 일으키는 것도 많다.
그런데도 우리가 건강하게살 수 있는 것은 몸속에 태어나면서부터 갖고 있는 면역기능의 작용덕분이다. 면역기능은 체내에 침입한 세균과 바이러스를 쫓아 없앤다. 그뿐만 아니라 면역력이 강해지면 암도 예방할 수 있다.
우리 몸은 항상 신진대사를 되풀이한다. 신진대사에는 여러 가지 역할이 있는데 대표적인 것은 새로운 세포를 만들어서 오래된 세포와 교환하는 것이다. 교환할 때는 오래된 세포와 똑같은 것을 복제하는데, 유전자 DNA에 이상이 있을 때는 기형세포를 만든다. 그런 기형세포 가운데 하나가 바로 암세포다.
체내의 이물질을 공격하여 없애는 면역세포는 기형세포를 세균이나 바이러스와 같은 이물질로 인식하여 공격한다. 인간의 면역기구의 작용은 주로 골수에서 만들어지는 백혈구에 의해 이루어진다. 몸 밖에서 세균이나 바이러스와 같은 이물질로 인식하여 공격한다. 인간의 면역기구의 작용은 주로 골수에서 만들어지는 백혈구에 의해 이루어진다. 몸 밖에서 세균이나 바이러스가 침입하거나 돌연변이에 의해 기형세포가 생겼을 때는 백혈구가 나서서 이런 이물질들에게 활성산소나 항체를 보내서 사멸시킨다. 또 백혈구가 직접 이물질을 먹기도 한다.
백혈구는 여러 가지 종류가 있으며, 대표적인 것으로 호중구, 매크로파지, B세포, T세포 등이 있다. 과로나 스트레스로 인해 면역력이 떨어져서 세균이나 바이러스의 세력이 면역력을 짓누르면 여러 가지 병이 생기는 것이다. 이러한 면역력의 가장 큰 적은 노화다. 나이가 들면서 몸과 마음의 기력이 떨어지면 면역력도 떨어지고, 암과 같은 병에 걸리기 쉬워져서 노화가 한층 빠르게 진행된다. 나이가 들수록 이러한 악순환에 빠지기 쉽다. 따라서 건강하게 오래 살고자 한다면 면역력을 강화시켜야 한다. 그런 작용을 하는 것이 바로 마카다.

마카가 어떠한 형태로 면역력을 높이는가하는 자세한 메커니즘은 아직 밝혀지지 않았다. 다만 마카에 함유된 풍부한 영양소가 서로 작용하여 면역기능의 작용을 활발하게 하는 것으로 추측된다.

실제 마카에 의해 면역력이 높아진 임상결과가 꾸준히 발표되고 있다. 앞으로 마카에 대한 연구가 이루어질수록 면역력증강에 관한 메커니즘은물론 효과를 더욱 높이는 일도 가능할 것이다.

오래 부담 없이 즐기려면 마카가 발기부전 치료제보다 낫다.

마카가 발기부전치료제와 같은 작용을 한다는 사실은 앞서 이야기했다. 하지만 마카와 발기부전 치료제의 성질은 커다란 차이가 있다.

바로 마카는 즉효성이 없지만 효과의 지속시간이 길고, 부작용이 없다는 점이다.

발기는 모세혈관으로부터 음경의 해면체에 많은 양의 혈액이 유입되어 일어나며, 사정에 의해 자극이 떨어지면 모세혈관을 수축시키는 호르몬이 분비되어 음경이 원래 크기로 돌아온다. 발기부전치료제는 이 모세혈관을 수축시키는 호르몬의 분비를 억제함으로써 발기시킨다.

따라서 음경에 계속하여 새로운 혈액이 유입되기 때문에 한번 발기하면 좀처럼 원래대로 돌아오지 않는다. 개인차는 있지만 일반적으로 발기부전 치료제를 복용하면 약 30분이 지나 효과가 나타나기 시작하여 약 4시간 정도는 지속된다고 한다.

마카의 경우는 음경을 발기시킨다는 목적에 있어서는 같지만 혈액을 유입시키는 메커니즘이 전혀 다르다. 약의 힘으로 일시적으로 모세혈관을 확장시키는 것이 아니라, 생약성분의 힘으로 하복부의 음경동맥 혈액흐름을 촉진시켜 음경으로 흘러들어가는 혈액의 양을 증가시키는 것이다. 서서히 체질을 바꾸어 나가기 때문에 즉효성은 없지만 발기력을 오래 지속할 수 있다.

또 발기부전 치료제의 경우는 급격하게 음경으로 보내는 혈액의 흐름이 많아지기 때문에 알코올을 섭취하고 복용하거나 심장에 장애가 있어서 니트로를 복용하는 사람의 경우 심장을 도는 혈액이 일시적으로 부족하게 된다. 그로인해 심근경색을 일으켜 사망하는 사고가 일어나기도 한다.

그러나 마카는 그런 염려가 전혀 없다. 마카는 안전하게 사용할 수 있는 '천연 발기부전 치료제'인 셈이다. 한 가지 덧붙이자면 마카와 발기부전 치료제는 중복되는 성분이 없으므로 병용이 가능하다.
아울러 성생활을 하면서 약물이나 어떤 도구를 사용하여 성적인 기능을 높이려 들거나 만족을 얻으려 한다면 배우자나 본인에게는 또 다른 부작용이나 수고를 필요로 한다. 하지만 요리나 건강식품을 통해 자연스럽게 성기능을 활성화시켜 성적만족을 이룰 수 있다면 가장 이상적이라고 할 수 있을 것이다. 이러한 의미에서 마카는 충실한 성생활의 훌륭한 길잡이 노릇을 하고 있다.
신선한 정보를 보석같이 접했을 때에는 우리의 삶은 더 한층 질이 높아지며 풍요로워진다. 그러나 성급한마음으로 우물에 가서 숭늉을 달라는 식의 과욕은 아니 된다.
이 세상에는 당장에 큰 뜻을 이루는 일이란 아무것도 없다. 그러므로 담배 한 갑 값밖에 지나지 않는 4,500원씩 내 몸을 위하여 하루에 마카 한 팩씩을 투자한다면 뿌린 대로 거두게 되어 청춘 같은 체력은 자신도 모르는 사이에 찾아와 세상사는 보람을 느낄 것이다.

부부가 함께 온 가족이 다 함께,
건강증진을 위해서는 하루에 한번 씩,
왕성한 체력을 원한다면 아침, 저녁 두 번씩 복용을 하자.
상담문의/ 010-3443-0183, 010-8952-4114

인류의 백세건강을 지키는 올바른 호흡

10년 젊어지는 호흡의 힘
놀라운 기적 Face Fit

코골이, 비염, 피부미용, 천식, 축농증, 피로
피부미용, 수면무호흡, 고혈압, 아토피...
코로 숨 쉬면 해결된다.

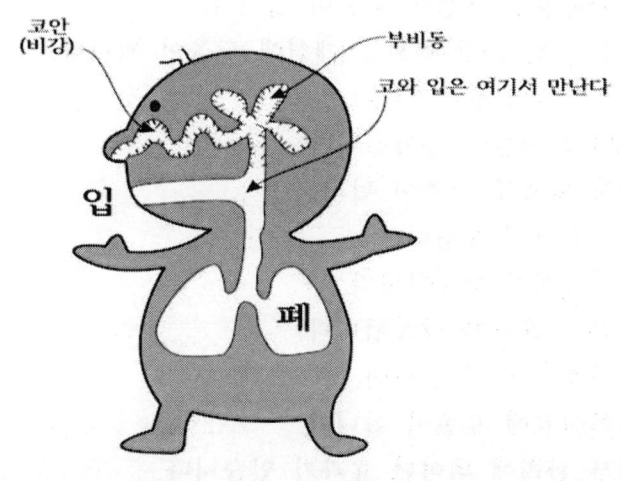

호흡 & 산소효과
*코골이, 비염, 아토피, 천식등에 효과가 뛰어납니다.

*면역력이 활성화 됩니다.
*뇌, 심장, 폐, 호흡기 기능이 향상됩니다.
*탈모예방과 발모에 효과가 뛰어납니다.
*고혈압예방과 개선에 효과가 있습니다.
*당뇨예방과 개선에 효과가 있습니다.
*치매예방과 개선에 효과가 있습니다.
*암 예방과 개선에 도움이 됩니다.
*노화예방과 개선에 도움이 됩니다.
*동맥경화 개선에 도움이 됩니다.
*안구건조예방과 개선에 도움이 됩니다.
*통증예방과 개선에 도움이 됩니다.
*구강건조, 구강 질환등 개선에 도움이 됩니다.
*혈액순환이 좋아집니다.
*에너지 생산이 증가됩니다.
*성장 발육에 도움이 됩니다.
*집중력이 향상됩니다.
*운동능력이 향상됩니다.
*영양소 흡수가 향상됩니다.
*숙면에 도움이 됩니다.
*다이어트에 도움이 됩니다.
*피부 관리에 뛰어난 효과가 있습니다.

수면무호흡증, 코골이 모든 병의 원인이다.

코골이란 좁아진 공기 통로로 공기가 통과할 때 목젖을 포함한 연구개(입천장의 일부)나 주위점막이 진동하여 나는 소리로 특히 누워 잘 때나, 입을 열고 잘 때 설근이 쳐지기 쉬워 코를 골기가 쉽습니다. 특히 40세 이상의 경우엔 남성의 약60% 여성의 40%에서 코골이 증상이 나타나는 것으로 보고 있습니다.

숨 쉴 때 코로 쉬나요? 아니면 입으로 쉬나요? 물어보면 대개 코로 호흡한다고 답한다. 흔히 버릇이 된다고 하는데 누구나 버릇은 있기 마련이다. 자신도 모르는 사이에 호흡방법 하나도 자기식대로 굳어져서 잘못 호흡하는 사람이 대다수다. 가장 심각한 호흡은 입으로 하는 입 호흡이다. 평상시에도 그렇지만 특히 잠자는 동안 8시간을 입을 벌리고 자기 때문에 입 호흡을 한다고 보면 맞다.

우리말의 비밀이란 책에 보면 우리말 '얼굴' 을 '얼이 드나드는 굴' 또는 '얼이 깃든 골' 이라고 풀이하면서 입을 멍하게 벌리고 얼빠진 얼굴을 하고 있는 사람을 가리켜 '얼간이' 라고 풀이했다. '얼간이는 얼(정신)이 나가서 제 정신이 아닌 사람처럼 입을 헤벌쭉 벌리고 있어 어리숙해 보인다는 것이다. 일상생활 중에 특히 잠잘 때는 모두가 정신 나간 것처럼 입을 헤벌쭉 벌리는 얼간이가 된다.

'모든 병은 벌어진 입에서 시작된다.' 는 말에서 알 수 있듯이 입을 벌리고 자면 당신의 생명은 단축된다는 것을 반드시 명심해야한다.

입을 벌리고 자는 동안 내내 당신은 산소공급이 불규칙적 상태이므로 산소결핍증에 빠지게 된다. 그리고 당신의 입 속은 급격히 오염된다. 이러한 산소결핍상태와 구강오염이 지속되면 당신은 자연치유력(면역력)이 저하되고 결국엔 병들게 되는 것이다.

60세 이상 사망원인 1위는 당연히 폐질환이다. 젊어서는 사고, 암, 뇌출혈, 심장마비 등으로 죽지만 60세가 넘으면 누구에게나 찾아오는 것이 감기, 폐렴, 폐암, 폐섬유화와 같은 폐질환으로 죽는다.

잠자는 동안 산소결핍증은 활성산소를 대량으로 만들어 당신조직에 해를 입히고 공기 중에 발암물질이나 유해물질이 당신의 입을 건조시키는 동시에 오염시킨다. 그리고 폐 깊숙이 침투하여 온 몸으로 퍼져나가 폐와 심장, 뇌, 간, 장에 악영향을 미치는 것이다.

탈모, 암, 고혈압, 당뇨, 뇌질환, 심장질환, 감기, 천식, 비염, 알레르기, 만성폐쇄성폐질환 등 대략 140여 가지의 질병은 벌어진 입 때문에 생긴다는 것을 알아야 한다. 이러한 치명적인 위험에서 당신을 지켜주는 것이 바로 입을 다물고 규칙적으로 호흡하며 잠자는 것이다.

통계적으로 60세 이상 80%가 코골이환자, 코골이환자 중에

50%가 수면무호흡 환자이다.
수면무호흡증이 암세포의 성장을 촉진해 암환자의 사망률을 높인다는 연구결과가 미국수면의학회지에 실렸다. 연구대상 중 수면무호흡증환자는 98명중 수면무호흡증(1시간당 숨이 10초 넘게 멈추는 횟수가 15회이상) 환자는 18명이었다.
연구기간 중 125명에게 암이 생겨 39명이 사망했는데 중증 수면무호흡증이 있는 암 환자가 없는 암 환자보다 사망률이 3배 이상 높은 것으로 나타났다.
세포의 산소부족은 암 원인 중에 하나로 알려져 있다.
일본 도쿄의과대학연구팀은 '사망원인 중에 수면중 산소부족이 가장 큰 원인이다' 라고 밝혔다.
연구팀은 임신 전부터 코를 고는 만성적인 코골이 여성의 경우 저체중아를 낳을 확률이66%정도 증가했으며 제왕절개 확률도 2배 높았다고 경고했다.
루이스 오브라이언박사는 코골이는 수면무호흡의 핵심 증상이며 임신 중 여성이 코를 골면 산소부족으로 인해 태아에게 좋지 않은 영향을 끼치며 임신 중 코골이를 시작한 여성은 임신성 고혈압과 전자간증 등 임신중독성에 걸릴 위험이 높아졌다' 고 설명했다.
또한 당뇨병환자가 적극적인 당뇨치료에도 불구하고 상태가 호전되지 않을 경우 수면무호흡증이나 코골이로 인한 체내 산소부족을 의심해봐야 한다. 당뇨병환자가 체내에 산소가 부족할 경우 스트레스 호르몬분비를 증가시켜 포도당 수치를 높이며 인슐린 내성이 커져 혈당조절을 어렵게 하기 때문이다.

코골이로 인한 산소부족문제만 해결되어도 혈당이 조절되어 회복이 빨라지는 것이다.
더불어 미국 뉴욕주 로체스터대학 연구팀은 과학저널 '사이언스' 보고서를 통해 '수면을 취할 때는 뇌세포가 60%나 줄어들기 때문에 깨어있을 때 보다 10배 빠르게 노폐물제거 과정이 이뤄진다고 밝혔다. 수면중 뇌의 독특한 노폐물제거 활동인 글림프 시스템이 활발하게 이뤄져 알츠하이머병과 기타 신경질환을 유발하는 독소를 청소해 준다는 것이다.

코골이의 사회적 부작용
*업무능력 저하 *성적저하, 산만한 행동
*이혼, 별거율 증가 *주간 졸림증
*소음으로 인한 따돌림, 심리적 압박감
*심혈관계 질환의 합병증 및 사망률 증대

수면호흡 증은 통계적으로 코골이 환자의 약50%가 동반하는 것으로 보고됩니다. 주요원인은 기도의 폐쇄나 호흡의 저하로 인해 발생되며 체중이 10%증가 시 증상이 6배 이상 발생될 수 있습니다.
불편한 수면자세, 코 막힘, 여성호르몬 감소, 흡연, 음주, 비만 등이 발생됩니다.
수면 중 숨을 10초 이상 쉬지 않거나 호흡량이 50%이상 감소하는 경우를 무호흡 또는 저 호흡이라고 합니다. 이러한 증상이 1시간에 5번 이상 발생할 때 수면무호흡증으로 진단됩니다. 수면 무호흡을 치료하지 않고 방치한다면 부정맥, 심근경색, 신부전등 심장질환과 고혈압, 뇌경색, 두통, 녹내장, 우울증, 당뇨, 성기능 발기부전장애등 심하면 사망에 이르게 하는 무서운 질환입니다.

카사노바란?

수많은 여성들과 관계를 가진 것으로 유명한 18세기 이탈리아 남자
지오반니 자코포 카사노바(Giovanni Jacopo Casanova)에게서 유래된 단어이다.
'카사노바'라는 단어는 바람둥이, 호색가의 대명사처럼 사용된다.

카사노바는 굉장한 미남이었으며 수많은 여자를 거느렸다. 이탈리아의 소설가로 영국과 프랑스 등 여러 유럽 국가를 방랑하면서 엽색행각과 모험적인 생애를 보내면서 연애실화소설로 유명한 <내 생애의 역사>와<회상록12권>을 펴냈다.

뇌섹남 이었던 카사노바의 소설에는 122명의 여성을 유혹하여 관계를 했다는 천재 바람둥이의 실화가 담겨져 있다.
그는 소설과 뿐만 아니라 박사로써 철학과 미술에도 천재적인 능력을 보이기도 했다. 그런데도 뚜렷한 업적은 여자를 유혹하는 것 이외에는 그 어느 것도 제대로 발휘된 것이 없다.

카사노바는 머리가 좋았다. 성직자가 되어서도 여성 신도들을 유혹하는 데만 더 신경을 쓰다가 교

회에서 쫓겨나기까지 하였다.
한가지일에 안주하지 못하니 고정수입이 없었지만 화려한 생활을 할 수 있었던 것은 귀족의 병을 고쳐주는 일을 하여 수입을 얻어 여행을 다니며 100여명의 많은 여성들을 만나 자서전을 남기게 되었다.
여자를 유혹하는 그의 기술이 악마의 속삭임이란 종교재판에서 5년형으로 감옥에 갇히자 이대로 더 이상 섹스를 못하고 감옥에서만 지낼 수 없다며 1년 6개월 만에 탈옥을 하였다. 철옹성 같은 감옥에서 누구도 해낼 수 없는 그가 해내자 영웅이 되었다.
천재적인 그는 "나를 이곳에 가둘 때 나의 동의를 구하지 않았듯이 나 역시 동의를 구하지 않고 이곳을 떠나노라"라며 교도소장에게 편지를 남겼다.

카사노바는 프로 바람둥이였다.
섹스 자체가 쾌감을 주는 것은 물론이지만 동시에 관문을 통과하는 과정을 즐겼고 그 과정에서 얻어지는 만족감을 즐겼다.
미식가인 그는 모든 감각이 예민하면서 여러 여성들을 사랑했다.
그 여성 중에는 인기 연예인이나 귀부인들도 있지만 거의가 평범한 여성들 이었다.

그 중에서 쉬운 여성들은 그늘진 여자들 이었다. 그는 여자를 가리지 않았기에 많은 여자들을 안아 볼 수가 있었다.

희대의 바람둥이 카사노바 역시도 세월은 비켜 갈 수는 없었다. 60세 중반이 넘어서 부터는 정력이 쇠퇴하여 여성을 만족시키지 못하였다.
여자에 관심이 수그러들자 독서에 열중하여 문학작품을 남기었다.
여자란 한 권의 책과 같다. 내용이야 어떻든 첫 페이지부터 재미있다고 생각되면서 읽기 시작해야 한다는 말을 남겼다.

카사노바가 바람둥이라고 역사에 남게 되고 세상에 알려지게 된 것은 그가 남긴 자서전 때문이다. 무려 4,545페이지에 달하며 12권이나 되는 엄청난 양이다. 여기엔 그가 평생동안 여성편력에 관한 내용이 고스란히 담겨 있었다.(나의 인생 이야기)
내용 중에는 122명 여자와, 하루 최다 12회, 최단 성교시간 15분, 최장시간 7시간, 최다 오르가즘은 여성이 14회 등의 기록이 있었다.
1. 유럽의 카사노바 나의 인생 실화
2. 중국의 금병매 픽션인 허구소설
3. 일본의 실낙원 픽션인 허구소설
4. 미국의 플레이보이 잡지가 있다면
5. 한국에는 서울 카사노바라는 논픽션 실화소설이 있다.

1,000명의유혹 4권까지 960페이지이며, 각권 15,000원(60,000원)이다.